Anja Siouda

Erdbeerzeit

Roman

AF215040

Anja Siouda
Erdbeerzeit

Roman

Bibliografische Information der Deutschen Nationalbibliothek: Die Deutsche Nationalbibliothek verzeichnet diese Publikation in der Deutschen Nationalbibliografie; detaillierte bibliografische Daten sind im Internet über dnb.dnb.de abrufbar.

Erste Auflage Dezember 2017
Copyright © 2017 Anja Siouda
www.anjasiouda.com
Herstellung und Verlag: BoD – Books on Demand, Norderstedt

Umschlaggestaltung: Ilyas Siouda
Layout: Anja Siouda
Korrektorat: Ursula Wenke, Eisenach
Bilder Umschlag: USDA Pomological Watercolor Collection.
Special Collections, USDA National Agricultural Library
Foto S. 277: Ilyas Siouda
ISBN: 9783744889629

Für meine Mutter Rita Elisabeth

„On ne voit bien qu'avec le cœur.
L'essentiel est invisible pour les yeux."

„Man sieht nur mit dem Herzen gut.
Das Wesentliche ist für die Augen
unsichtbar."

Antoine de Saint-Exupéry, Der kleine Prinz

1
September 2002

Ein zartes Lüftchen wehte um ihre Ohren, spielte mit ihrem blonden Haar, und sie fühlte sich plötzlich leicht wie eine Feder, wie von unsichtbaren Händen und einem seltsamen Gefühl der Euphorie getragen. Aus dem Fenster der Nachbarn ertönte ohrenbetäubender Rap, unten auf der Strasse mischte sich das schrille Geschrei der Kinder, die aus der Schule kamen, mit dem ungeduldigen Hupen der Autos, deren erschöpfte Insassen seit fünf Uhr morgens im Industrieschlachthof gearbeitet hatten und sich nun durch den täglichen Stau nach Hause quälten, um sich in ihrem trauten Heim vom Töten im Akkord zu entspannen. Es war keine einfache Arbeit, sie wusste das, denn Benno war auch eine Zeit lang dort beschäftigt gewesen und hatte sich jeden Abend bei ihr, die nur müssig zu Hause hockte, über die eklige Schinderei beklagt, bevor er schliesslich im Supermarkt eine verhältnismässig angenehme Stelle als Magaziner gefunden hatte. Ein Glück war das. Für Benno und für die Haushaltskasse, von der die sechsköpfige Familie zehrte.

In der Luft hing ein Gemisch von Abgasen und feuchter Herbstmelancholie und am blaugrauen

Himmel ein illusionäres Netz aus Kerosinstreifen, das nach wenigen Minuten verblasste und nicht einmal den fallenden Engeln Halt gab.

Angela warf einen dumpfen Blick durch die Glastür auf die Zwillinge Samuel und Emanuel, die brav vor dem Fernseher sassen und gebannt zuschauten, wie die einfältigen, tollpatschigen Teletubbies mit den integrierten Flimmerbäuchen in ihrem kitschigen Wiesenparadies zwischen den Hoppelhasen umherwatschelten und auf Erdbeersuche gingen. Erdbeeren. Allein bei dem Gedanken daran wurde ihr beinahe übel.

Die Zwillinge werden nichts merken. Sie konnten stundenlang vor der Glotze sitzen, ein Kinderprogramm nach dem anderen reinziehen, selbst diejenigen Serien, die längst nicht mehr ihrem Alter entsprachen, und die Welt um sich herum vergessen, genau wie die älteren Geschwister, Benno und sie selbst. Der alte Fernseher lief jeden Tag, ununterbrochen, bis das Kunststoffgehäuse heiss wurde und Angela des seltsamen Geruchs wegen manchmal sogar das Fenster öffnen musste. Kaum hatte sie die Kleinen am Morgen geweckt, setzten sie sich vor den Flimmerkasten und suchten zielsicher nach ihren Lieblingstrickfilmen, sodass Angela Mühe hatte, sie zum Ankleiden zu bewegen. Ihre Schokomilch nuckelten sie aus den Flaschen mit den zerbissenen Silikonsaugern, obwohl es jetzt, wo sie fünf Jahre alt waren, schon längst an der Zeit gewesen wäre, sie davon zu entwöhnen, aber Angela mochte nicht mehr darum kämpfen. Ihr war alles egal. Es war ihr auch egal, dass die zwei Grösseren in ihrem Zimmer allein fernsahen und sie nie um Erlaubnis fragten. Sie hatten schon immer gemacht, was sie wollten, waren gewöhnlich rotzfrech und liessen sie in jeder Hinsicht spüren, dass einzig und allein ihr Vater Benno für sie zählte.

Die werden keine Träne um mich weinen, dachte Angela, deren Anflug rauschhafter Euphorie bereits am Verpuffen war, schluckte den Kloss im Hals hinunter und stieg schwer atmend auf den hölzernen Schemel. Sie zog ein Bein über die Balustrade und verspürte plötzlich ein schmerzhaftes Zwicken im Rücken, das ihr einen Moment lang den Atem nahm. Sie keuchte bereits vor Anstrengung und auch vor Angst. Ihr Herz flatterte jetzt und ihr wurde fast schwarz vor den Augen, aber heute, heute war der Tag, *ihr* Tag …

Ein plötzlicher Knall, gefolgt von einem Funkenregen im Wohnzimmer, brachte ihr Herz beinahe zum Stehen und den restlichen Teil ihres Körpers fast aus dem Gleichgewicht. Erschrocken riss sie das Bein wieder auf den Schemel hinunter und stürzte erstaunlich wendig vom Balkon in die Wohnung, wo die Kinder in Todesangst nach ihr schrieen. Der Fernseher stand in Flammen, genau wie die Vorhänge am Fenster dahinter, und der Teppich war mit Glassplittern übersäht. Aus Emanuels nackten Füssen spritzte das Blut, weil er bereits auf die Splitter getreten war, und Samuel erbrach sich in seinem Schock gerade auf den Teppich. Angela packte die Kinder geistesgegenwärtig und hastete um Hilfe schreiend aus der Wohnung bis ins Treppenhaus, wo die vom Knall erschreckten Nachbarn bereits vor ihren Türen standen.

„Ruft die Feuerwehr! Der Fernseher ist explodiert!", keuchte sie, während Samuel sich mit dem Hemdsärmel schluchzend einen Rest Erbrochenes vom Mund wischte und Emanuel kreidebleich auf das Blut blickte, welches aus seinen weichen nackten Fussballen spritzte wie kleine, rote Fontänen. Der junge Nachbar, der Angela wohlbekannte Rap-Fan, der wie immer ein weisses Eminem-T-Shirt trug, griff sofort zum Handy und alarmierte die Feuerwehr, während bereits dicker schwarzer Rauch aus Angelas Wohnung quoll.

„Wir müssen die Tür schliessen", rief ein älterer Mann befehlend, ohne aber das Zittern in seiner Stimme ganz unterdrücken zu können, „damit sich der Rauch nicht im ganzen Treppenhaus verbreitet!"

„Und dann müssen wir sie mit nassen Tüchern abdichten", riet eine jüngere Frau, stand aber dabei unbeweglich wie eine Salzsäule.

„Vielleicht können wir das Feuer selber löschen", entgegnete der junge Eminem-Fan mit dem Handy forsch, riss sich kurzerhand das T-Shirt vom Leib, hielt es sich vor die Nase und stürzte sich waghalsig in Angelas Wohnung.

„Seien Sie bloss vorsichtig!", rief ihm eine alte Nachbarin mit ängstlicher Stimme nach, während sie eine fauchende fette schwarze Katze an sich drückte, aber er war bereits im dicken Rauch verschwunden und der ältere Mann schloss mit zitternden Händen die Tür hinter ihm. Einen Moment lang blickten sich Angelas Nachbarn alle ratlos an. Ob es wohl so gefährlich war, dass man am besten gleich die Flucht ergriff? Oder konnte man sicherheitshalber nochmals in die eigene Wohnung zurückkehren und das Portemonnaie, den letzten Lottozettel, ein paar Fotoalben und das Katzenkissen einpacken? Aber durfte man den mutigen, aber natürlich auch unvernünftigen jungen Mann einfach so seinem ungewissen Schicksal überlassen?

Die schrillen Sirenen der Feuerwehr, die kurz

darauf ertönten, rissen sie aus ihrer Erstarrung, und die ersten Männer, die keuchend in den zehnten Stock hinaufgestürmt kamen, riefen ihnen zu, unverzüglich hinunterzusteigen und das Hochhaus zu verlassen. Angela aber, die inzwischen mit ihren weinenden Kindern auf dem Schoss schluchzend neben dem Lift auf dem Boden sass und, vor lauter Tränen halb blind, versuchte, die Glassplitter aus Emanuels Fussballen zu entfernen, machte keine Anstalten, dem Befehl der Feuerwehrleute zu folgen.

Heute war der Tag … heute war *ihr* Tag, und sie hatte es wieder nicht geschafft. Sie würde es nie schaffen. Sie war eine Versagerin, eine Niete, wie immer.

„Ist noch jemand in der Wohnung?", riefen die Feuerwehrleute den Mietern mit ihren erschrockenen Gesichtern nach, die nun eilig die Treppen hinunterstiegen.

„Der junge Nachbar! Er wollte das Feuer selber löschen. Wir haben ihm gesagt, er solle vorsichtig sein, aber er hörte nicht auf uns."

Genau in dem Moment öffnete sich die Tür von Angelas Wohnung, der junge Mann torkelte heraus, hustete sich die Lunge aus dem Leib, krächzte, das Feuer sei gelöscht, und brach zusammen. Drei junge Feuerwehrmänner gingen sofort in die Wohnung, zwei andere drückten ihm eine Sauerstoffmaske vors Gesicht, legten ihn auf die mitgebrachte Bahre und trugen ihn rasch die Treppe hinunter, während ein weiterer Feuerwehrmann, der etwas älter wirkte, Angela aufforderte, zur Sicherheit das Haus so schnell wie möglich über die Treppe zu verlassen.

„Kommen Sie!", sagte er sanft, aber energisch zu Angela, die immer noch wie betäubt auf der obersten Stufe der schmutzigen Betontreppe sass und nun mit der rechten Hand ein zerknülltes Papiertaschentuch auf eine von Emanuels Fusssohlen drückte, um das Blut wenigstens dort zu stillen, während sie mit dem linken Arm den schluchzenden Samuel umfangen hielt. Der Feuerwehrmann hob den weinenden Jungen aus ihrem Schoss und Angela erhob sich wie im Traum mit Emanuel, der sich wie ein verschrecktes Äffchen an sie klammerte, und folgte ihm die unzähligen Treppen vom zehnten Stock bis zum Erdgeschoss hinunter. Als sie endlich aus dem schäbigen Wohnblock traten, schoben die zwei Feuerwehrleute den jungen Mann auf seiner Bahre gerade in die bereitstehende Ambulanz, die kurz darauf mit Blaulicht, aber ohne zu hornen, Richtung Spital fuhr.

Vor dem Block standen die Mieter aus den anderen Etagen, die ebenfalls bereits vorsorglich evakuiert worden waren, sowie eine beträchtliche Menge Schaulustiger aus dem Quartier, die die Männer mit ihren gezückten Schläuchen auf der langen Leiter aus respektvollem Abstand zum Einsatzfahrzeug der Feuerwehr bestaunte und gespannt auf den Löschangriff wartete, der der Wohnung, aus der noch leichte Rauchschwaden entwichen, unmittelbar bevorstand, aber nachdem offensichtlich wurde, dass der Brand bereits gelöscht war und keine weiteren Einsätze der Feuerwehr mehr nötig waren, zerstreute sich die Menge gelangweilt.

Auf dem Platz vor dem Block kümmerte sich der nette Feuerwehrmann um Angela und ihre Kinder, nachdem er die Erste-Hilfe-Tasche aus dem roten Kommandowagen geholt und gleich eine weitere Ambulanz angefordert hatte. Er entfernte die Glassplitter Emanuels mit einer Pinzette, wusch das Blut von seinen Füssen, desinfizierte die Wunden, aus denen das Blut inzwischen nur noch tröpfelte, und klebte Pflaster mit Harry-Potter-Motiven drauf. Dann drückte er beiden Jungen einen Schokoriegel in die Hand.

„Damit heilt es sicher doppelt so schnell", sagte er scherzend zu Angela. Sie aber lachte nicht, sondern fing an zu weinen.

„Das kommt vom Schock", tröstete sie der Feuerwehrmann und legte ihr die Hand auf den

Arm, „ich habe eine zweite Ambulanz herbeigerufen, damit sich ein Arzt um Sie kümmert und Ihnen gleich etwas Beruhigendes verschreibt."

„Was wird nun aus der Wohnung?", fragte Angela zwischen zwei Schluchzern.

„Die werden Sie eine Zeit lang nicht benutzen können, bis die Ursache des Brandes abgeklärt ..."

„Der Fernseher ist explodiert", unterbrach ihn Angela leise.

„Also, wenn alles abgeklärt ist, wird Ihre Wohnung so schnell wie möglich wieder hergerichtet werden. Sie werden sehen, das ist kein Problem. Auch die Versicherungen sind in solchen Fällen meist unkompliziert."

„Aber wo soll ich denn mit meinen Kindern wohnen?"

„Eine von der Gemeinde angestellte Sozialarbeiterin wird Ihnen helfen", tröstete der Mann. „Sie müssen bestimmt nicht auf der Strasse schlafen."

„Und wie soll ich meinen Mann und meine zwei Töchter benachrichtigen? Ich habe kein Handy."

„Kein Problem", insistierte der Feuerwehrmann. „Die Sozialarbeiterin wird Ihnen bei allen dringenden Telefonanrufen und auch sonst mit Rat und Tat zur Seite stehen."

„Kann ich noch ein paar Sachen aus der Wohnung holen? Meine Handtasche wenigstens und ein paar frische Kleider und Schuhe für die Kinder?"

„Wir besorgen das für Sie, dann müssen Sie nicht nochmals die vielen Treppen hochsteigen."

Der Mann sagte es, so schien es Angela, ohne Ironie. Er musste gesehen haben, dass der Lift schon vor dem Brand ausser Betrieb war, und er hatte recht, es war ihr ein Gräuel, ihr Gewicht nach diesem Schrecken und mit ihren schlottrigen Knien aus eigener Kraft nochmals zehn Stockwerke hochzuhieven.

Wenn der Lift in ihrem von der Verwaltung arg vernachlässigten Hochhaus nicht funktionierte, ging sie meistens einfach nicht aus dem Haus oder nur im absoluten Notfall. Und ausser Betrieb war der Lift ständig. Mindestens einmal pro Monat. Deshalb hatte sie in der Küche und in ihrem Schlafzimmer unter dem Bett auch einen richtigen Notvorrat an lang haltbaren Nahrungsmitteln angelegt: Konserven, Teigwaren, Tomatensaucen, Milchtüten, jede Menge fettiger Kekse und Kuchen, Gläser voller Konfitüre, Honig und Erdnussbutter, Sparpackungen Kartoffelchips, eine Flasche Eiercognac, die sie einmal bei einem Lotto gewonnen hatte, und ganze

Stapel Schokoladentafeln, wovon sie manchmal auch naschte, wenn sie verzweifelt und vergeblich Schäfchen zählte, die Benno mit seinem nervtötenden Schnarchen immer wieder aus der sorgsam zusammengetrimmten Herde sprengte.

Die grösseren Kinder waren flink und gross genug, um allein in die Schule zu gehen, und die kleineren schickte sie in diesen Fällen einfach nicht in den Kindergarten. Sie rief dann die Kindergärtnerin an und entschuldigte die Abwesenheit der Buben mit der fadenscheinigen Ausrede, die beiden seien leider zusammen krank und kämen deshalb erst nach ein paar Tagen wieder. Die Zwillinge freuten sich jeweils, weil sie dann den ganzen Tag über fernsehen durften, und Angela liess es resigniert geschehen, denn länger als zwei Tage dauerten die Liftpannen sowieso meistens nicht.

Der Feuerwehrmann hatte sich ein paar Schritte von ihr entfernt und telefonierte kurz, als Angela sich etwas beruhigt hatte. Zwei jüngere Feuerwehrmänner standen in einigem Abstand und schwatzten halblaut miteinander.

„Wir hatten mal wieder Schwein, dass sich das Feuer nicht weiter ausgebreitet hat. Stell dir vor, wir hätten dieses Walross über die Leiter nach unten bringen müssen."

Angela zuckte zusammen, wagte aber nicht, in die Richtung zu blicken, aus der das demütigende Getuschel kam, und schluckte die bittere Pille, die beinahe am Kloss in ihrem Hals stecken blieb. Die zweite Ambulanz traf ein, gefolgt von einem Polizeiauto. Man nahm ihre Personalien auf und befragte sie kurz nach dem Hergang. Dann stellte einer der Polizisten noch eine andere Frage:

„Kurz bevor der Notruf für die Feuerwehr eintraf und die Information danach an uns weitergeleitet wurde, hat uns ein anonymer Anrufer gesagt, im Haus gegenüber seiner Wohnung steige irgendeine Verrückte gerade auf das Balkongeländer. Haben Sie das vielleicht auch beobachtet? Sie sagten doch, dass Sie vor der Explosion des Fernsehers auch auf dem Balkon war..."

Der Polizist brach plötzlich ab. Womöglich war das die Frau selber, die ihrem Leben ein Ende hatte machen wollen und den Fernseher irgendwie zum Explodieren gebracht hatte, damit die Kinder, die sie sich vielleicht nicht auch noch vom Balkon zu werfen getraute, in der brennenden Wohnung an einer Rauchgasvergiftung starben und verbrannten. Sein Gesichtsausdruck wirkte plötzlich sehr grimmig. Verdammt, wie konnte man nur so egoistisch sein. Wenn man selber des Lebens überdrüssig war, ging es ja noch an, dass man der Gesellschaft mit seinem bewölkten Geist nicht zur Last fallen wollte, aber wenn man beabsichtigte, die eigenen Kinder mit in den Tod zu reissen, war es wirklich nicht schade darum, selbst aus dieser Welt zu scheiden. Er würde seinen Vorgesetzten auf jeden Fall über seinen Verdacht informieren.

Die dicke Frau mit dem grauen, schrägen Schneidezahn, der ihr Lächeln, falls es überhaupt je ihr Gesicht aufhellte, wahrscheinlich arg entstellte, sass apathisch vor ihm im Gras und schien überhaupt nicht zugehört zu haben. Sie streichelte ihren Zwillingen mit derart mechanischer Regelmässigkeit übers Haar, dass es wirkte, als wären ihre Hände wie die Glieder einer Marionette an unsichtbaren Fäden aufgehängt und würden absolut synchron über die zwei blonden Scheitel gesteuert. Der Polizist zuckte die Schultern, wechselte ein paar Worte mit dem Fahrer der Ambulanz, dem Notfallarzt und seinem Assistenten, und hiess Angela und ihre Kinder schliesslich einzusteigen. Bevor die Tür zuklappte, kam der Feuerwehrmann nochmals vorbei, reichte Angela eine Plastiktüte mit Kleidern, drückte ihr die Hand und lächelte ihr aufmunternd zu.

„Sie werden sehen, es kommt alles gut."

Sie nickte und brachte es fertig, nicht wieder in

Tränen auszubrechen. Heute war *ihr* Tag, heute hätte sie endlich den Mut gehabt, heute hätte sie es geschafft …

Emanuel winkte dem Feuerwehrmann durchs Fenster nach und Samuel bestaunte mit grossen Augen die Sauerstoffflaschen, den ausgeschalteten Monitor, den offenen roten Notfallrucksack mit den leuchtend gelben Streifen, den dünnen Plastikschläuchen, den verschiedenen Spritzen, dem Verbandsmaterial, den Medikamenten und den anderen seltsamen Geräten. Angela aber bekam zuerst eine Gänsehaut, als sie das Innere des Wagens betrachtete, und danach wurde ihr beinahe schlecht. Der Arzt hiess sie, sich auf die Pritsche zu legen, obwohl auch ihm bewusst sein musste, dass die schmale Unterlage für eine mehr als füllige Frau wie Angela sehr unbequem war. Angela gehorchte ihm trotzdem, liess ihn ihren Puls und den Blutdruck messen, aber das Schwindelgefühl gab nicht nach, im Gegenteil.

Sie hörte die Sirenen heulen und das zuckende Blaulicht drang durch die getönten Scheiben. Sie weinte, spürte den Geschmack des Blutes in ihrem Mund und hielt sich den dicken Bauch vor Schmerz. Zwischen ihren Beinen sickerte es warm auf die harte Unterlage. Mutter sass neben ihr, mit starrem Gesicht.

„Ihr Blutdruck ist sehr niedrig. Bei Leuten wie

Ihnen ist das eigentlich selten der Fall", bemerkte der junge Arzt, weil er der dicken Frau in seiner unbeholfenen Unerfahrenheit irgendetwas Positives sagen wollte. Angela erwiderte nichts und der Arzt warf einen flüchtigen Blick auf die Pflaster an Emanuels Füssen und fuhr ihm dann verlegen durch das blonde Wuschelhaar.

Den tobenden Vater hatte die Polizei an Handschellen abgeführt und ihr dadurch weitere Tritte erspart. Das Kind würde sie vielleicht verlieren, aber mit sechzehn war es bestimmt nicht das Schlimmste, das einem passieren konnte, das leierte ihre Mutter ununterbrochen herunter, als könne sie damit seinen Tod heraufbeschwören.

2

Im Spital wurde sie mit ihren Kindern für kurze Zeit in ein Einzelzimmer gebracht, damit sie sich etwas von ihrem Schock erholen konnte. Eine Beruhigungstablette gaben sie ihr auch, aber als die unwissende Krankenpflegerin wohlmeinend den Fernseher mit dem Kinderprogramm einschalten wollte, schrieen Samuel und Emanuel und verkrochen sich unter dem Bett ihrer Mutter.

„Haben Sie nichts anderes, ein paar Legos vielleicht?", wagte Angela zu fragen. Die Krankenpflegerin, die bereits die ganze Nacht durchgearbeitet hatte und nun auch noch mehrere Stunden für eine kranke Kollegin einspringen musste, verliess mit säuerlicher Miene das Zimmer. Immer diese Extrawünsche der Patienten. Als liefe sie nicht schon täglich Kilometer über Kilometer durch die frisch gebohnerten Gänge des Spitals. Gerade dieser dicken Frau würde es guttun, durch Marschieren ein paar Kalorien zu verbrennen.

Sie brachte schliesslich eine Schachtel Lego, einen Block Papier und ein paar Buntstifte. Angela bedankte sich leise und dachte, dass die Kinder schon seit Langem nicht mehr gemalt und Lego gespielt hätten. Emanuel begann etwas zu zeichnen, das aussah wie ein Teletubbie mit aufgerissenen Augen, der in Flammen steht.

Angela seufzte. Was wohl aus der Kleinen geworden wäre? Ein Mädchen war es gewesen und sie hatte es nur kurz in den Armen gehalten, bevor man es ihr wegnahm. Es hatte ihre Wangengrübchen gehabt. Das hatte sie genau gesehen, aber wo es hinkam, das sah sie später nicht. Ein eigenes Grab gab es nicht. Einem alten Mann hatte man es in die faltigen, steifen Arme gelegt, hiess es. Seine Familie sei damit einverstanden gewesen. Nur sie selbst fragte man nicht. Erholen sollte sie sich, schon damals. Von dem Zwischenfall, dem sündigen. Und so lag ihr Frühgeborenes, acht Monate alt, tot neben dem zahnlosen alten Leichnam im Holzsarg, während Angela im Spital noch eine Zeit lang das Bett hütete.

Angela fing erneut an zu weinen, aber genau in diesem Moment trat ein Arzt ins Zimmer, versicherte ihr, es sei doch alles halb so schlimm, sie werde sich bestimmt in kurzer Zeit vom Schock erholen, untersuchte sie und die Kinder kurz und stellte schliesslich fest, dass Emanuels Füsse abgesehen von ein paar frischen Pflastern keiner weiteren Pflege bedurften und bei ihnen dreien auch sonst alles in Ordnung war. Darauf klopfte es und eine Frau trat ins Zimmer, die sich als Sozialarbeiterin vorstellte und ihr helfen sollte, für die Zeit, bis die

Wohnung wieder bewohnbar war, eine Unterkunft zu finden.

„Das ist alles halb so schlimm", versuchte sie Angela mit dem gleichen Satz zu trösten, der offenbar in diesem Spital nicht nur zwischen Ärzten und Patienten als empfohlener Eisbrecher galt.

„Wir werden bestimmt eine gute Lösung für Sie und Ihre Familie finden. Hauptsache, Sie und ihre Kinder sind nicht verletzt."

Angela schluckte ihre Tränen hinunter und nickte.

Eine Woche später konnte sie zusammen mit Benno, Lea und Dora sowie den Zwillingen endlich zurück in ihre gesäuberte, frisch gestrichene Wohnung ziehen, aus deren Stube die grässlich nach Rauch stinkenden, unbrauchbar gewordenen Polstermöbel, der angesengte Fernsehtisch und die kläglichen Reste des zerstörten Fernsehers und der verbrannten Vorhänge entfernt worden waren. Sieben Tage lang waren sie in einem einzigen Zimmer in der städtischen Jugendherberge untergebracht und Opfer und Täter in ihrer eigenen Familienhölle gewesen. Abgesehen davon war es sehr unbequem gewesen, zu sechst auf so engem Raum zusammengepfercht zu leben. Benno hatte nachts wie immer ununterbrochen geschnarcht, Lea mit den Zähnen geknirscht, Dora im Schlaf geredet und Emanuel und Samuel hatten ins Bett gepinkelt. Angela hatte fast jede Nacht kein Auge zugetan und fühlte sich nach Ablauf der Woche noch geräderter als sonst. Der ständige Streit mit Benno und den Mädchen trug auch dazu bei, dass sie sich sehr elend fühlte und verzweifelt, aber völlig unbewusst versuchte, durch ständiges Essen eine zusätzliche Schicht an ihrem Panzer aus Fett zu bilden, um Bennos Sticheleien standzuhalten. Er hackte, ausser wenn er an der Arbeit war, unermüdlich auf ihr herum und behauptete, es sei ihr Fehler, dass der Fernseher explodiert sei, weil sie ihren fetten Hintern niemals bewege und mit den Zwillingen nie an die frische Luft ginge, sondern sie ständig vor dem Kasten sitzen liesse. Dass er in dieser Beziehung selber auch nicht gerade ein gutes Beispiel war, da er nach der Arbeit und am Wochenende auch nie etwas unternahm, sondern jede freie Minute systematisch vor dem Flimmerkasten verbrachte, kam ihm nicht in den Sinn. Es war viel einfacher, seiner Frau, der Mutter und dem obligaten Sündenbock der Familie, die Fehler in die Schuhe zu schieben. Allein das Dicksein bewies doch bereits, dass sie selber an ihrem Unglück schuld war. Was brauchte sie auch so viel zu essen? Konnte sie sich nicht endlich zusammenreissen, eine Diät bis ans Ende durchstehen und die vielen Kilos, die sie sich in den Jahren ihrer Ehe noch zusätzlich zugelegt hatte und die sie dermassen verunstalteten, ein für alle Mal loswerden? Wie konnte sie mit siebenundzwanzig Jahren dermassen willensschwach sein und überhaupt kein Durchhaltevermögen beweisen? Und wie konnte sie glauben, dass er, Benno, auf diesem Fettberg noch auf den Gipfel der Lust klettern wollte?

Die älteren Töchter, die elf- und zwölfjährig waren, motzten bei jeder Gelegenheit, vor allem aber, weil sie während der Zeit, in der sie in der Herberge untergebracht waren, einen viel längeren Schulweg hatten und deshalb viermal, am Montag, am Dienstag, am Donnerstag und am Freitagnachmittag, ihre Lieblingsserie im Fernsehen verpassten. Sogar am Wochenende mussten sie sich glücklich schätzen, wenn sie sich ihre Serie angucken durften, denn in der Jugendherberge stand der Fernseher im Gemeinschaftsraum und Lea und Dora mussten sich dem Geschmack der anderen Gäste anpassen.

Das einzige Positive am Ganzen war, dass sie, als sie alle sechs wieder in die vertraute, jedoch trotz der frischen Farbe immer noch nach Rauch

riechende alte Wohnung an der Schlachthofstrasse zurückkonnten, für einmal ein gemeinsames Gefühl der Erleichterung verspür-
ten, aber bereits die Freude über den neuen
Flachbildschirm, der erstaunlicherweise im
sonst leeren Wohnzimmer thronte, obwohl sie
nicht einmal wussten, wie es kam, dass die
Firma, die die Marke des in Flammen aufgegan-
genen Gerätes vertrieb, ihnen diesen zum Geschenk machte, war nur von kurzer Dauer. Die
traumatisierten Zwillinge trauten sich nicht in
seine Nähe und Lea und Dora wollten nun statt
des alten kleinen Fernsehers, den sie bereits hatten, unbedingt auch ein flaches Exemplar in ihrem Zimmer. Dem Frieden zuliebe und weil sie
gehört hatte, dass bei den moderneren Flach-
bildschirmen ein geringeres Explosionsrisiko
bestand, kaufte Angela vom Geld, dass sie von
der Sozialhilfe vorgestreckt bekommen hatten,
bis sie von der Versicherung für den Ersatz der
verlorenen Einrichtungsgegenstände in der
Stube entschädigt würden, einen kleineren
Flachbildschirm für die Mädchen. Allerdings
blieb deswegen kein Geld für ein neues Kanapee übrig und sie selber musste während der
Pausen, die sie sich in den Tagen nach ihrer
Rückkehr hie und da gönnte, während sie sonst
damit beschäftigt war, sämtliches Bettzeug aus

den anderen Zimmern, alle Vorhänge und Teppiche, alle Frottiersachen, alle Plüschtiere und Kleider zu waschen, um den penetranten Rauchgeruch zu vertreiben, und die Matratzen auf dem Balkon auszulüften, in der Stube auf dem nackten Fussboden sitzen, denn auch für einen neuen Teppich mussten sie zuerst auf das Geld von der Versicherung warten. Das war auf Dauer sehr unbequem, auch wenn Angela, da ihr auf dem harten Boden der Hintern einschlief, nach einiger Zeit einen Stuhl aus der Küche holte. Auch die Tatsache, dass die Zwillinge wegen des explodierten Fernsehers so stark traumatisiert waren, dass sie keinesfalls vor den Flachbildschirm sitzen wollten, obwohl ihnen Angela gut zuredete, führte dazu, dass sie plötzlich viel weniger fernsah als vorher. Emanuel und Samuel spielten zwar wieder mehr mit ihren Spielzeugautos, Playmobil-Figuren und den paar Legos, die sie noch hatten, aber sie zankten sich auch viel mehr und tobten in der Küche und auf dem Balkon herum, dass Angela angst und bange wurde.

Als die beiden deshalb an einem Mittwochnachmittag wie wilde kreischende Affen die Wohnung unsicher machten, während die zwei älteren Schwestern bei Freundinnen eingeladen waren, raffte sich Angela zu einem Spaziergang mit ihnen auf. Sie wartete mit den beiden vor dem Lift, aber als er nach fünf Minuten immer noch nicht kam, war sie beinahe bereit, den Ausflug an die frische Luft sausen zu lassen. Samuel und Emanuel fragten aber so aufgeregt danach, wohin sie denn nun gehen würden, dass sie mit ihnen im Treppenhaus ganz langsam bis ins Erdgeschoss hinabstieg. Das war der Abstieg und ihre Knie schmerzten bereits. An den Aufstieg wollte sie lieber nicht denken, aber vielleicht war der Lift ausnahmsweise nur für kurze Zeit blockiert.

Draussen schien die Septembersonne mild und freundlich und auf dem Quartier-Spielplatz, auf dem sie schon seit mindestens zwei Jahren nicht mehr gewesen war, sassen ein paar Mütter mit ihren Kindern, schwatzten angeregt und strickten. Angela fühlte sich fehl am Platz, weil sie niemanden kannte, und fürchtete sich vor den abschätzigen Blicken der anderen. Die Mütter waren aber in ein intensives Gespräch verwickelt und bemerkten sie gar nicht. Nur eine verschleierte Frau, wahrscheinlich eine Türkin oder Albanerin, die unter ihrem weiten grauen Mantel auch nicht gerade wie eine Bohnenstange wirkte, sass etwas abseits und warf ihr ab und zu einen verstohlenen Blick zu. Angela beneidete die Frau, weil sie ihren Körper gänzlich unter dem weiten Stoff verstecken konnte. Sie brauchte sich bestimmt nicht um die Blicke der anderen zu kümmern, denn Zweck des grauen Mantels und des schwarzen Schleiers war es doch, nicht aufzufallen.

Angela blickte auf ihre schwarze Jogginghose, die sich um ihre dicken Oberschenkel spannte, obwohl es Grösse XXL war, und auf den dunkelbraunen Pullover, der verwaschen und an den Ellbogen durchscheinend war. Er war ihr Lieblingsstück, weil er so weit und bequem war und sie nirgends einengte. In den anderen Sachen fühlte sie sich wie das Michelinmännchen, das auf dem Dach der Garage neben der Schule stand, und deshalb vermied sie es auch gewöhnlich, überhaupt in den Spiegel zu schauen. In letzter Zeit hatte sie sogar ein schwarzes Tuch über den Spiegel im Schlafzimmer gehängt, weil sie es einfach nicht mehr ertrug, sich selbst anzuschauen. Benno aber machte sich einen Spass daraus, das Tuch wegzureissen, vor allem dann natürlich, wenn er Sex mit ihr haben wollte, wobei das in letzter Zeit nur noch selten vorkam. Das fehlte ihr aber am allerwenigsten. Benno dachte schon seit ihrer ersten gemeinsamen Nacht nur an sein eigenes Vergnügen und liess sich auf die Seite fallen, sobald er fertig war.

Angela war in ihren Gedanken versunken und merkte erst wieder, dass sie auf dem Spielplatz war, als Samuel begeistert rief:

„Mami, Mami, komm schau, was wir gefunden haben!"

Angela blickte erstaunt auf ihren Fünfjährigen, der sie an der Hand vom Spielplatz bis zu einem riesigen Baum führte. Dort sass Emanuel am Boden und vor ihm türmte sich ein Berg brauner glänzender Kugeln, auf den der Junge blickte, als wäre es sein teuerster Schatz. Lachend streckte er Angela eine Kastanie entgegen und sie lächelte schwach zurück. Sie drehte die glatte Kugel mit ihren Fingern auf ihrer Handfläche. Kühl und wunderschön glänzend lag sie in ihrer Hand. Wie perfekt doch die Natur war, und wie unperfekt der Mensch. Angela spann diesen Gedanken lieber nicht weiter, sondern setzte sich zu Emanuel und Samuel ins Gras. Zum ersten Mal, seit dem Tag, an dem sie es geschafft hätte, wenn der Fernseher nicht explodiert wäre, fühlte sie, dass ihr Herz ein ganz kleines bisschen leichter wurde. Sie rollte die kühle Kugel zwischen ihren Handflächen, aber als sie merkte, dass sie davon eine Gänsehaut bekam, steckte sie sie schnell in ihre Hosentasche.

„Die nehmen wir mit nach Hause, nicht wahr, Mami?"

Angela nickte, obwohl sie keine Plastiktüte bei sich hatten, um die braune Pracht einzupacken. Nachdem die Kinder noch eine Stunde lang weiter Kastanien zusammengesucht hatten und es langsam kühler wurde, zog sie den Zwillingen die Pullover aus, machte bei den Ärmeln einen Knopf und klemmte die zwei Ausschnitte mit ihren Händen zusammen, während die Kinder die Kastanien in die improvisierten Säcke füllten. Schwer beladen liefen sie zum Block zurück. Angela lief voraus, verschloss hinter ihrem Rücken mit beiden Händen immer noch die Ausschnitte, damit keine einzige Kastanie verloren ging, und die Kinder hielten die Unterteile der Pullover wie eine unförmige Hochzeitsschleppe in die Höhe, um die kostbare Fracht sicher nach Hause zu tragen.

Ein Hochzeitskleid hatte sie nie gehabt. Benno hatte es damals vorgezogen, sie nur standesamtlich zu heiraten, das war um einiges billiger, denn das anschliessende kleine Fest und die Torte kosteten seiner Meinung nach schon genug, obwohl nur ein paar wenige Arbeitskollegen von Benno und deren Gattinnen daran teilnahmen, denn seine Eltern waren beide bereits gestorben und den Ihrigen sagte sie gar nichts von ihrer Vermählung. Ausserdem war sie damals so erleichtert, dass er sie überhaupt zur Frau nahm, dass sie ihre eigenen Wünsche zurücksteckte und ihre Träume von der romantischen weissen Hochzeit in die hintersten Winkel ihres Gehirns verdrängte. Mit der Heirat gewann sie zusätzlichen Abstand von ihrem Elternhaus, wo die Mutter sie nicht mehr ertrug und der Vater sie, bevor sie auszog, ständig demütigte, wenn auch nur noch mit Worten, nicht mehr mit Fusstritten wie an dem Tag, als sie sich den Zahn ausschlug. Es war aber nicht etwa der Respekt, den er seiner Tochter gegenüber plötzlich doch noch beweisen wollte, sondern die Angst, nach dem ersten Ausrutscher, wie er es nannte, wegen Kindsmisshandlung ins Gefängnis gesteckt zu werden, die ihn danach von seiner physischen Gewalttätigkeit abhielt.

Nein, wie eine Braut sah Angela natürlich auch in diesem Moment nicht aus, eher wie ein Riesenmaikäfer mit gestutzten Flügeln, der sich schwerfällig Richtung Lift bewegte. Sie hatten sogar Glück, denn der Aufzug funktionierte wieder und Angela blieb der mühsame Aufstieg erspart.

In der Vierzimmerwohnung leerten sie die Kastanien im Gang auf den Boden, gerade als Benno, früher als üblich, nach Hause kam. Er pflügte sich ärgerlich einen Weg durch die glänzenden Kugeln und herrschte Angela an:

„Was soll denn das?"

„Wir waren draussen und haben Kastanien gefunden, das siehst du ja", erwiderte Angela leise und Benno staunte über den seltsamen Unterton in ihrer Antwort, denn meistens wagte sie es nicht, ihm in irgendeiner Weise zu widersprechen.

„Du hast sie wohl nicht mehr alle, die Kinder auch im Herbst noch halb nackt herumlaufen zu lassen", erwiderte er nur kopfschüttelnd und schlurfte ins Schlafzimmer, um dort auf dem Bett fernzuschauen, weil es ihm auf dem Fussboden in der Stube natürlich auch zu unbequem war und weil er somit ungestört mit sich machen konnte, was er wollte.

Wenige Minuten später klingelte es an der Tür und die Nachbarin aus dem unteren Stock beklagte sich über den Lärm, den die Zwillinge mit ihren Kastanien verursachten, weil sie mit gespreizten Beinen auf dem Boden sassen und sich die Kugeln so schnell wie möglich und unter prustendem Lachen gegenseitig wie Marmeln zuschossen. Angela, die gerade mit einem Zahnstocher neben ihrem schrägen Zahn herumstocherte, weil die winzigen runden Kerne der vier Feigen, die sie nach Bennos Worten gegessen hatte, in den Zwischenräumen klemmten, entschuldigte sich bei der Nachbarin und liess die enttäuschten Kinder die Kastanien in die Küche bringen. Sie war selber auch frustriert, dass sie das Spiel abbrechen mussten. So fröhlich und ausgelassen hatten die Kinder schon seit Langem nicht mehr gelacht oder vielleicht hatte sie es ganz einfach nicht wahrgenommen, weil sie sonst meist vor dem Fernseher sass, wenn sie grade nicht am Haushalten oder am Essen war. Sie blickte auf die Schachtel Zahnstocher, die noch auf dem Küchentisch lag, und fing plötzlich an, sie in die Kastanien zu stechen, sodass in kurzer Zeit ein lustiges Fabeltier mit Doppelkugelbauch, Klumpfüssen und Wasserkopf auf dem Tisch stand. Die Zwillinge lachten, als sie es sahen, und machten es ihr gleich begeistert nach. Erst kurz vor dem Abendessen hörten sie auf zu basteln. Sogar Lea und Dora, die erst am späten Nachmittag nach Hause gekommen waren, lobten ihre zwei kleinen Brüder für ihren Zoo aus Kastanientieren.

In der Nacht konnte Angela einfach nicht einschlafen. Es lag allerdings nicht nur daran, dass Benno wahnsinnig laut ganze Regenwälder durchsägte, sondern an ihren eigenen Gedanken. Sie dachte darüber nach, ob sie eine Schlaftablette nehmen sollte, aber dann entschloss sie sich aufzustehen, sich eine Tasse warmer Milch mit Honig zuzubereiten und dazu eine Tafel Schokolade zu essen. Das half meistens auch und davon wurde sie wenigstens nicht abhängig wie von den gefürchteten Tabletten, die sie eigentlich lieber hortete, falls sie nicht tatsächlich eines Tages den Mut finden würde, vom Balkon zu springen, um ihrem grauen Leben wenigstens mit einem spektakulären Todessprung ein aussergewöhnliches Ende zu setzen, das das ganze trübselige Quartier aus seiner alltäglichen Gleichgültigkeit reissen würde.

Es würde bestimmt alles sehr schnell gehen. Der Wind würde um ihre Ohren pfeifen, ihr grosses Gewicht würde den Fall noch beschleunigen, und sie würde mit einem dumpfen Geräusch auf dem harten Boden aufschlagen. Sie wäre sofort tot. Die Schreie der Passanten würde sie nicht hören. Ihren zerschmetterten Schädel und die verbogenen Glieder müsste sie nicht sehen. Die dunkelrote Lache Blut müsste sie nicht aufwischen. Sie wäre ausgelöscht. Erlöst. Befreit von ihrem furchtbaren, verhassten Körper, den sie nun lange genug mit sich herumgeschleppt hatte und der von Jahr zu Jahr schwerer wurde. Auf der Waage zeigte die Digitalanzeige seit ein paar Wochen unbarmherzig 120 Kilos an, und das bei einer Grösse von einem Meter siebzig. So gross war sie bereits in ihrer Pubertät gewesen, als sie vierzehn Jahre alt war, aber damals hatte sie eigentlich, das wurde ihr jetzt im Rückblick bewusst, ein normales Gewicht gehabt. So um die 65 Kilos. Wenn sie doch nur das Rad der Zeit zurückdrehen könnte und wieder dieses Gewicht hätte.

Dann wäre sie glücklich. Warum war sie es aber damals nicht gewesen und hatte angefangen, eine verrückte Diät nach der anderen auszuprobieren? Die erste war die amerikanische Papaya-Ananas-Erdbeer-Diät gewesen. Die war in der Schule Mode geworden. Jedes Mädchen wusste davon, und wer etwas auf sich hielt, kaufte sich das dunkelblaue Buch mit dem seltsamen Format und sparte sich dafür die Bonbons vom Munde ab, für die sonst das Taschengeld ausgegeben worden wäre.

Was hatte ihr an ihrem Körper mit diesen 65 Kilos denn nicht gepasst, dass sie sich diesen Wahnsinnskuren unterzogen und einen Tag lang kiloweise nur Ananas mit den fettverbrennenden Enzymen gegessen hatte, am anderen nur Papaya und am dritten Erdbeeren? Mit den Erdbeeren hatte sie es übertrieben. Sie hatte einmal im Juni zwei Wochen lang nur noch Erdbeeren gegessen, weil die damals billiger gewesen waren als die exotische Ananas und die Papaya. Natürlich hatte sie damit gleich drei Kilos pro Woche verloren, aber Erdbeeren konnte sie seither nicht mehr sehen. Sie hatte damit aufgehört, wieder normal gegessen, und hatte nach kurzer Zeit 68 Kilos statt 65 auf der Waage. Sie sah ihre dicken Oberschenkel im Spiegel, wünschte sich eine Zauberschere, mit der sie sich das überflüssige Fett schmerzlos hätte wegschneiden können, und stieg jeden Tag auf die Waage, bis sie sich zur nächsten Diät aufraffte. Die Kartoffel-Reis-Diät. Weil diese Nahrungsmittel stärkehaltig waren, hatte sie zwar viel weniger Hunger als mit der Früchtediät, aber es war ihr nach zwei Wochen eisernen Durchhaltens verleidet und sie stürzte sich auf Brotschnitten mit Erdnussbutter und Nutella, die sie heiss liebte, oder auf Cakes, Torten und Kartoffelchips. Das alles war geschehen, bevor sie Tom kennenlernte.

Sie war noch so jung mit ihren fünfzehn Jahren, aber neugierig war sie auch, und sie wollte ihren Klassenkameradinnen, die prahlten, mit wie vielen Jungs sie schon im Bett gewesen waren, in nichts nachstehen. Tom war zwei Jahre älter als sie, sehr nett zu ihr, und sie glaubte, sie liebte ihn. Er jedenfalls spottete nicht über ihre Oberschenkel wie ihr Vater, der immer an ihr herumnörgelte, weil er selber als Sportlehrer so athletisch gebaut war und seine Tochter am liebsten von morgens bis abends am Reck herumturnen gesehen hätte, um eine Nachwuchsathletin aus ihr zu machen, während sie selbst überhaupt nicht sportlich war und sich lieber in ihren Büchern vergrub.

Eines Tages verführte Tom sie und sie wehrte sich nicht, denn sie wollte nun einfach wissen, wie es war. Es war nicht sehr einfach und eigentlich auch nicht sehr aufregend. Vielleicht brauchte man dafür etwas mehr Übung, tröstete sie sich und nahm es jedenfalls Tom nicht übel. Erst sein Verhalten danach machte ihr zu schaffen. Er schien jedes Interesse an ihr verloren zu haben, von einer Sekunde auf die andere. Er mied sie, und weil sie das so unglücklich machte, dachte sie gar nicht daran, bei der Krankenschwester, die in der Schule einmal pro Woche eine Sprechstunde für Schüler und Schülerinnen hielt, die irgendein intimes Problem besprechen wollten, zur Sicherheit nach der Pille „danach" zu fragen, denn Tom hatte sich kein Kondom übergestreift gehabt. Sie merkte rasch, dass sie schwanger war, aber sie blendete das einfach aus ihrem Bewusstsein aus. Sie ass dreimal so viel wie normal. Sie zwang sich geradezu zum Essen, weil sie mit der Fettschicht um ihren ganzen Körper den langsam dicker werdenden Bauch kaschieren konnte. Die abschätzigen Blicke ihres Vaters ertrug sie standhaft, bis er einmal aus Versehen ins Badezimmer trat, weil sie vor dem Duschen vergessen hatte, die Tür zuzuschliessen, und sie in ihrer vollen Nacktheit und dem unverkennbaren Bauch einer Schwangeren im siebten Monat sah. Ihre Mutter war gerade in der Küche, ihr Vater wurde kreidebleich vor Wut und riss sie schreiend aus dem Badezimmer. Sie glitt mit ihren nassen Füssen aus, schlug sich beim Sturz einen Schneidezahn aus und bekam auch noch einen schlimmen Fusstritt von ihrem Vater, der wahnsinnig geworden zu sein schien. Ihre Mutter rannte herbei und die Nachbarn klingelten an der Tür, kurz bevor die Polizei eintraf und den vor Weissglut tobenden Vater abführte.

„Warum hast du uns denn nichts gesagt?", fragte ihre Mutter, die früher Zahnarztgehilfin gewesen war und Angelas ausgeschlagenen Zahn umklammerte, der in einem mit Milch gefüllten, winzigen durchsichtigen Tupperware-Behälter stosssicher transportiert wurde und dessen Wurzelzellen in der improvisierten Nährflüssigkeit vor dem drohenden Absterben bewahrt werden sollten, als wäre er kostbarer als der getretene Fötus im Leib ihrer Tochter, aber Angela weinte, hielt sich den Mund und den Bauch vor Schmerz und gab keine Antwort.

Angela zerknüllte das Silberpapier der zweiten Tafel Schokolade, die sie gegessen hatte, ohne es zu merken. Es war zwei Uhr morgens und nun fühlte sie sich doch endlich müde genug, um ihren Schlaf zu finden. Sie putzte ihre Zähne und legte sich neben Benno. Gern hätte sie zwei, drei Seiten in dem Groschenroman gelesen, den sie sich ab und zu leistete, dann wäre sie noch schneller und entspannter eingeschlafen, aber Benno hasste es, wenn sie nachts im Schlafzimmer das kleine Nachttischlämpchen mit dem schwachen Licht anzündete. Schliesslich stand er morgens um sechs Uhr auf, um im grossen Supermarkt am Stadtrand um Punkt sieben mit dem Einräumen der gelieferten Frischprodukte zu beginnen. Falls Angela nicht einschlafen konnte, war das ihr Problem. Als Hausfrau hatte sie tagsüber jede Menge Gelegenheit, den verpassten Schlaf nachzuholen. Das bisschen Kochen, Einkaufen und Putzen liess ihr genügend paradiesische Freizeit, jetzt, wo die Kinder längst aus dem Gröbsten raus waren. Das dachte Benno nicht nur, sondern er betonte es auch bei jeder Gelegenheit. Vor allem natürlich dann, wenn sie sich ausnahmsweise über sein lautes Schnarchen zu beklagen wagte und die aus Bennos Sicht absolut lächerliche Idee vorbrachte, die neuen Nasenpflaster zur besseren Atmung auszuprobieren, wofür im Fernsehen ständig geworben wurde. Benno fand sowieso, dass es nun, wo die zwei Jüngsten in den Kindergarten gingen, für Angela an der Zeit war, sich auch endlich einen Job zu suchen und das Ihrige zum Unterhalt und vor allem zum Auffüllen der Vorratsschränke, die sie mit ihrer unanständigen, unstillbaren Lust aufs Essen mehrheitlich selber leerte, beizutragen. Er,

Benno, würde ihr Schmarotzerdasein nicht noch länger ertragen.

Angela schluckte beklommen, als er ihr das beim Frühstück am anderen Morgen wieder sagte, obwohl sie im Prinzip nicht dagegen war, sich irgendeine Arbeit zu suchen. Es würde sie vielleicht auf andere Gedanken und in sichere Entfernung vom Balkongeländer bringen, was vielleicht den Zwillingen zuliebe doch besser war. Wer aber würde eine Dicke wie sie anstellen? Dazu noch ohne Ausbildung? Das Gymnasium hatte sie abgebrochen, weil sie nach ihrem langen Aufenthalt im Spital den Übergang in die nächste Klasse nicht mehr schaffte. Damals konnte sie sich in der Schule auf überhaupt nichts mehr konzentrieren und auch zu Hause war die Atmosphäre eisig. Das Einzige, was ihr eigentlich noch Spass machte damals, war das Essen, und als sie, kaum aus der Schule ausgetreten, in einer Bäckerei in der Nähe ihres Gymnasiums in der Stadt auf eine Anzeige stiess, in der eine junge Aushilfe gesucht wurde, bewarb sie sich und bekam die Stelle. Zu einem Hungerlohn zwar, aber dafür durfte sie aus diesem Schlaraffenland abends jeweils die unverkaufte Ware mit nach Hause nehmen. In dieser Zeit ging sie auf wie ein Hefekuchen und versuchte verbissen, das Geschehene zu vergessen. Ihr Vater sprach damals bereits nicht mehr mit ihr, aber darüber kam sie recht gut hinweg, da sie in der florierenden Bäckerei nach einiger Zeit eine Vollzeitstelle bekam. Ihren Vater sah sie somit sehr selten, denn abends trainierte er mehrere Stunden im Fitnesszentrum in der Stadt, hockte danach noch in der Kneipe mit seinen Freunden, und am Wochenende scheuchte er die Mutter schon um sechs Uhr morgens aus dem Bett, um ausgedehnte Wanderungen oder waghalsige Klettertouren zu unternehmen.

Angela aber sparte ihren mageren Lohn, was ausgesprochen einfach war. Süsses bekam sie gratis und modische Kleider gab's in ihrer Grösse sowieso bereits nicht mehr. Die Versuchung, das Geld zum Fenster hinauszuwerfen, bestand somit gar nicht. Nach drei Jahren, als sie neunzehn war, wagte sie es auch, zu Hause auszuziehen und ein eigenes Zimmer zu mieten. Dort schlief sie dann zum zweiten Mal mit einem Mann und es war furchtbar. Sie war so verkrampft, dass es sie schmerzte, aber der zehn Jahre ältere Benno Teubel, den sie ein paar Wochen vorher in der Bäckerei kennengelernt hatte, wenn er jeweils am Sonntagmorgen mit seinen zwei kleinen Mädchen an der Hand einen Butterzopf kaufte, schien das offenbar als positiv zu werten und fragte sie noch am anderen Morgen, ob sie ihn heiraten wollte. Angela war völlig verdattert. Da begehrte sie doch tatsächlich einer zur Frau! Sie, die dicke Angela! Aber, so schoss es ihr gleichzeitig durch den Kopf, dann müsste sie regelmässig solche schrecklichen Nächte aushalten. Mach dir keine Sorgen, sagte Benno damals aber noch freundlich, als hätte er ihre Gedanken erraten, mit etwas Gleitmittel kriegen wir das schon hin. Sie willigte ein, musste sich aber noch weitere zwei Jahre gedulden, bis er sie wirklich heiratete. Das war die nötige Frist, bis er sich endlich von seiner Frau scheiden lassen konnte, die man, gemäss Bennos Schilderung, vor mehreren Jahren wegen unberechenbarer Verfolgungswahnattacken und schwerer Depressionen in die psychiatrische Anstalt hatte einschliessen und mit Medikamenten hatte ruhigstellen müssen. Angela zog aber bereits einen Monat nach ihrer ersten gemeinsamen Nacht zu ihm und seinen Töchtern in seine winzige Mietwohnung.

Bei der zivilen Heirat war sie dann schliesslich einundzwanzig Jahre alt gewesen und trug von da an Bennos Familiennamen. Die eigentliche offizielle Hochzeitsnacht verbrachten sie in einer billigen, schäbigen Absteige, die einem Freund von Benno gehörte, während eine gutmütige Nachbarin ausnahmsweise die Mädchen hütete, damit sie sich, wie sie augenzwinkernd meinte, endlich einmal ungestört eine romantische Nacht leisten konnten.

Das Zimmer roch modrig und im Badezimmer war die Wanne bis oben mit Wasser gefüllt, weil der Ablauf verstopft war. Ein paar ersoffene Kakerlaken schwammen auf der trüben Oberfläche. Eine zappelte noch schwach, und als Angela auf die Toilette ging, bevor sie sich zu Benno legte, fragte sie sich, ob sie sie retten sollte. Als sie ins Zimmer zurückkehrte, wartete Benno schon ungeduldig. Aus der kleinen Tube mit dem Gleitmittel tropfte es auf den bereits fleckigen Nachttisch und sein steifer Penis glänzte, als hätte er ihn eingeölt. Ohne langes Vorspiel drang er in sie ein, wackelte ein paar Mal hin und her, seufzte, liess sich auf die Seite rollen und schlief. Angela blieb liegen, unbeweglich, mit gespreizten Beinen, hörte seinem Schnarchen zu und zählte die Kakerlaken, die langsam über die Tapete mit dem altmodischen Muster krochen. Was konnte eine Kakerlake dafür, dass sie eine Kakerlake war? Angela erhob sich schliesslich, ging zurück auf die Toilette, wo das eine widerliche Ungeziefer immer noch schwach zappelte. Sie nahm das rissige Stück Seife, das in der Schale neben dem Lavabo lag, und tauchte das Insekt damit ganz unter Wasser, bis es nicht mehr wackelte.

3

Ein Jahr später kamen die Zwillinge zur Welt, aber eigentlich war das einzig Angelas Schuld, wie es Benno von Anfang an klarstellte, weil sie die Schusseligkeit gehabt hatte, zweimal hintereinander das Schlucken der Pille zu vergessen, auf deren Einnahme er schon vor der ersten Nacht mit ihr beharrt hatte, um auf Nummer sicher zu gehen, denn zwei Kinder im Haushalt reichten ihm vollends, und was es hiess, Vater zu sein, wusste er ja längst zur Genüge.

Nach der Geburt hatte Angela alle Hände voll zu tun, zumal Bennos Töchter aus erster Ehe um diese Zeit sechs- und siebenjährig waren und es für sie von Anfang an nicht einfach gewesen war, eine Beziehung zu den beiden herzustellen, da sie sich auch beinahe wie Zwillinge zusammentaten und sich unbewusst gegen Angela, die nicht ihre Mutter war, verschworen zu haben schienen und danach trachteten, ihr das Leben auf jede erdenkliche Art schwer zu machen. Angela kam sogar manchmal der Gedanke, Lea und Dora rächten sich unbewusst an ihr dafür, dass ihre leibliche Mutter sich nicht mehr um sie kümmerte.

Angela gab sich trotzdem grosse Mühe mit den zwei Mädchen, aber die Risikoschwangerschaft und die zusätzlichen Kilos, die sie sich dabei auch wieder zulegte, raubten ihr fast die ganze Kraft. Ausserdem war sie mit Benno im achten Monat endlich in eine grössere Wohnung umgezogen und konnte wegen der schwierigen Wohnungssuche, der Hektik bei den Vorbereitungen des Umzugs, aber auch, weil sie neun Monate lang intensiv an Luzia dachte, keinen Gedanken für die Namenssuche aufbringen, sodass sie erst eine Woche vor der geplanten Geburt der Zwillinge durch Kaiserschnitt Namen für die zwei Buben suchte. Sie fand sie rein zufällig auf einem ihrer Spaziergänge durch den Seefriedhof, denn da gab es einen Haufen Vornamen zur Auswahl, und neben ihrem Lieblingsgrab, in dessen Stein der originelle Name Sandmann gemeisselt war, entdeckte sie rechts einen gewissen Samuel, der im Alter von fünfzig Jahren verschieden, und links einen Emanuel, der beinahe hundert Jahre alt geworden war.

Der schlecht heilende Kaiserschnitt, das Sorgen für die neugeborenen Zwillinge rund um die Uhr, die dummen Streiche von Lea und Dora und die fehlende Unterstützung von Benno, der seiner Arbeit nachging, als hätte sich seine Familie nicht von einem Tag auf den anderen um zwei schreiende, hungrige Mäuler vermehrt, brachten Angela an den Rand einer Erschöpfungsdepression, und erst als die Hebamme, die in den ersten

Wochen in regelmässigen Abständen nach Angela und den Babys sah, ihren Zustand erkannte und Benno darauf ansprach, lenkte er widerwillig ein und stellte für die ersten paar Monate eine Haushalthilfe an, deren Lohn zur Hälfte von der Krankenkasse übernommen wurde. Von da an besserte sich Angelas Gemütszustand wieder merklich, obwohl Lea und Dora ihr gegenüber nach wie vor sehr abweisend waren. Die Zwillinge entschädigten sie wenigstens dafür, denn von ihnen bekam sie die Zuneigung, die sie weder von den Mädchen noch von Benno erhielt. Sie fragte sich sowieso bereits kurze Zeit nach ihrer Heirat, warum Benno sie eigentlich nach all den Jahren wirklich geheiratet und warum sie eingewilligt hatte, obwohl ganz offensichtlich von Anfang an weder auf ihrer noch auf seiner Seite auch nur ein Hauch von Liebe im Spiel gewesen war. Nein, Benno liebte sie nicht, und sie nahm ihm das nicht einmal übel. Auch ihr Herz schlug nicht für ihn. Ihre Ehe glich eher einer Zweckgemeinschaft, aus der jeder beteiligte Partner einen gewissen Nutzen zog. Angela gewann endlich den ersehnten Abstand von ihrem Elternhaus und bekam einen Mann, der sie scheinbar trotz ihres Übergewichts akzeptierte und sie auch nie danach fragte, ob es je einen anderen Mann vor ihm gegeben hatte, und Benno hatte wieder eine Frau, die sich um den Haushalt und die Kinder kümmerte und ihn nachts machen liess.

Angela seufzte und räumte Bennos Frühstücksgeschirr weg, behielt aber das ihrige für ihr zweites Frühstück mit den Grossen und das dritte Frühstück mit den Kleinen, die sich nun doch endlich von ihrem Schoppen getrennt hatten und ihre Cornflakes mit Zuckerglasur zusammen mit ihr am Küchentisch assen.

Wo sollte sie mit der Arbeitssuche beginnen? Im gleichen Supermarkt wie Benno? Das war wahrscheinlich keine gute Idee. Es reichte ihr, wenn sie ihn am Abend nach der Arbeit sah. Vielleicht sollte sie sich erneut in der Bäckerei bewerben? Diesen Gedanken verwarf sie gleich wieder. Die nahmen sie jetzt nach all den Jahren bestimmt nicht mehr, obwohl sie ihre Arbeit dort, wie Angela selber fand, bis zu Beginn ihrer Zwillingsschwangerschaft gut gemacht hatte. Auch während ihrer Anfangszeit hatte sie sich im Stress gut gehalten, war doch damals neben der Bäckerei gerade das neue Pflegeheim eingeweiht worden, was dazu führte, dass der Kundenandrang sich von einem Tag auf den andern verdreifachte, weil viele Angehörige der Heiminsassen die betagten Leute zum Kaffeetrinken und Kuchenessen in diese Bäckerei führten, zu der auch noch ein kleines Tea-Room gehörte. Trotzdem hatte Angela keine Lust, dort anzufragen. Sie fürchtete sich vor der spitzen Zunge und den ständigen Sticheleien der ehemaligen Chefin, die trotz all der süssen Verlockungen im Geschäft gertenschlank war und sich einen Spass daraus machte, bei jeder sich bietenden Gelegenheit über Angelas Fülle zu spotten.

Angela ging zum Zimmer von Lea und Dora, um die beiden zu wecken. Die Zwillinge durften noch etwas länger schlafen. Die beiden Mädchen gingen gleichzeitig ins Badezimmer und schlossen sich kichernd darin ein. Sie brauchten in letzter Zeit immer länger, bis sie mit ihrer Toilette fertig waren, und Angela klopfte nach einer Weile ungeduldig an die Tür. Sie bekam wie üblich keine Antwort und kehrte resigniert in die Küche zurück, um den beiden die Milch zu wärmen. Schliesslich entriegelten die Mädchen die Badezimmertür und kamen angekleidet und stark nach Parfüm riechend an den Frühstückstisch. Angela merkte sofort, dass sich die beiden wieder einmal an ihrem Parfüm vergriffen und dass Lea ihren Lippenstift benutzt hatte. Sie nahm tief Atem, um zu protestieren, doch im letzten Moment liess sie es bleiben, denn genau das suchten die zwei Vorpubertierenden ja, dachte sie, einen Grund, um die Stiefmutter zu provozieren. Angela sagte also nichts, schaufelte dafür schweigend ihr zweites Cornflakes-Frühstück in sich hinein. Etwas später dann, als Dora und Lea sich auf den Schulweg gemacht hatten, weckte Angela ihre beiden Söhne, nahm ihr drittes Frühstück mit ihnen zusammen ein und begleitete sie in den Kindergarten.

Angela schaute auf ihre Uhr. Sie war nun schon seit ein paar Minuten wieder zu Hause und hatte ein paar ruhigere Stunden für den Haushalt und das Zubereiten des Mittagessens vor sich. Sie könnte sich zum Beispiel zu einem Spaziergang durch den Friedhof aufraffen, auch wenn es eigentlich noch viel zu früh dafür war. Ihr Blick fiel auf den Küchenkalender. Ja, es war in der Tat noch viel zu früh dafür, aber was hatte sie denn dort hingekritzelt? *Dr. Ledergerber halb elf* stand dort. Sie hatte ihn doch glatt vergessen, ihren Termin beim Frauenarzt, aber da stand es schwarz auf weiss, und Benno hatte die Notiz noch extra mit gelbem Leuchtstift übermalt, damit sie es auf keinen Fall übersehen könnte. Sie stürzte unter die Dusche. Wie hatte ihr das nur entfallen können? Benno hatte vor ein paar Wochen den Termin für sie ausgemacht, damit sie mit dem Arzt endlich über ihre Unterbindung spräche. Er hatte sich nämlich ausgerechnet, dass der Kauf der Pille bei einer Lebenserwartung bzw. der Zeit bis zu Angelas Wechseljahren ganz schön ins Geld ginge und dass eine Sterilisation eigentlich viel billiger und zudem sehr sicher wäre. Ein zusätzliches Kind wollte er auf keinen Fall. Vier Mäuler zu stopfen und dann noch das einer so gefrässigen Frau, das reichte ihm vollends. Dass er mit der Vasektomie aber sogar noch mehr Geld hätte sparen können, das verriet er Angela nicht. Er fürchtete um seine Männlichkeit und ausserdem hatte Angela ja bereits den Kaiserschnitt hinter sich. Auf ein Schnittchen mehr oder weniger – schliesslich hinterliessen solche Eingriffe heutzutage minimale Spuren – kam es bei ihr kaum an. Einen Bikini trug sie nie, wenn sie sich denn überhaupt ins Schwimmbad wagte, und unter dem riesigen Badekleid waren ihre lächerlich kleinen Narben garantiert nicht sichtbar.

Angela sass im unbekannten Wartezimmer, nachdem sie ein Formular mit ihren persönlichen Angaben ausgefüllt und der Praxishilfe zum Abtippen ausgehändigt hatte, und obwohl sie vor dem Weggehen an diesem Morgen zweimal frisch geduscht hatte, schwitzte sie bereits, weil ihr der erste Bus vor der Nase weggefahren war und sie, nachdem sie dann den zweiten eine halbe Stunde später erwischt hatte, danach mehrmals durch die Strassen des fremden Quartiers gehetzt war, da sie weder den Arzt noch die Praxis kannte. Benno war es ja gewesen, der einfach aufs Geratewohl mehrere angerufen hatte, weil er, wenn er mal eine Idee hatte, bei welcher irgendein finanzieller Vorteil heraussprang, diese immer gleich in die Tat umsetzen musste. Er konnte nicht warten, bis Angela einen Termin beim vertrauten Gynäkologen bekam, der sich bereits um die medizinische Betreuung gekümmert hatte, als sie mit den Zwillingen schwanger war. Ausserdem schien es geradezu hoffnungslos, als Nicht-Schwangere bei jenem etwas hageren weisshaarigen Arzt in die Sprechstunde zu kommen, denn er war offensichtlich dermassen beliebt, dass der Andrang einfach zu gross war und seine Arztgehilfin die Frauen, die nur für Routinekontrollen oder die Verschreibung von Verhütungsmitteln vorbeikommen wollten, freundlich, aber bestimmt abwimmeln musste.

Bei diesem Unbekannten, in dessen Wartezimmer keine zum Träumen verleitenden Bilder von Segelschiffen auf hoher tiefblauer See sowie Grossaufnahmen von niedlichen molligen Babys hingen, an die Angela beim anderen Arzt gewohnt war, gab es nur mit massigen Glasrahmen eingefasste Diplome, Impfpläne und Broschüren über Antibiotikamissbrauch an den nüchternen

Wänden. In der Praxis dieses Arztes hatte Benno hingegen in kurzer Zeit einen freien Termin für sie ausmachen können, aber nun hatte der Gynäkologe bereits anderthalb Stunden Verspätung und sie wurde langsam nervös, weil sie vergessen hatte, den Kindern für den Notfall den Wohnungsschlüssel umzuhängen. Falls sie nicht bald an der Reihe war, würden Bennos Töchter und ihre Zwillinge vor verschlossener Tür warten müssen. Ganz zu schweigen davon, dass sie nun wirklich keine Zeit mehr hatte, ein richtiges Mittagessen zu kochen.

Die Tür und ein Fenster des Wartezimmers standen offen, vielleicht, damit sich die schlechte Luft, die Angela gleich beim Eintreten in die Praxis in dieser modern renovierten Altbauwohnung entgegenschlug, etwas erneuerte. Den Arzt hatte sie schon mehrmals vorbeigehen hören, aber weil sie gleich rechts mit dem Rücken zur Tür sass, sah sie ihn nicht, wenn er jeweils kurz im Flur stehen blieb und die Namen der anderen Patientinnen rief, bis nur noch sie übrig war. Diesmal aber lief der Arzt geradewegs an der Tür vorbei und rief Minuten später endlich aus seinem Sprechzimmer:

„Frau Teubel!"

Angela erhob sich wie von einer Tarantel gestochen, beeilte sich, bis zum Sprechzimmer zu laufen, wo der bullige Arzt hinter seinem massiven Tisch hockte und wahrscheinlich ihr frisch erstelltes Dossier studierte, das die Praxishilfe inzwischen im Computer gespeichert und ausgedruckt hatte. Als sie schliesslich ziemlich nervös vor ihm stand, blickte er auf, runzelte leicht die Stirn, nickte mit dem Kopf und wies wortlos auf den Stuhl vor dem Schreibtisch. Einen weissen Kittel trug er nicht, aber dafür ein beiges Poloshirt, das sich über seinem dicken Bauch spannte, mit einem kleinen grünen Krokodil oben links.

„In welchem Monat sind Sie?", fragte er schliesslich in einem derart abschätzigen Ton, dass Angela sich beinahe fühlte, als hätte er sie ins Gesicht geschlagen, und völlig verdattert über die Unangemessenheit und Grobheit der Frage keinen Ton herausbrachte.

„Wissen Sie's nicht?"

„Ich bin …", Angela musste einmal tief durchatmen, bevor sie den Satz zu Ende brachte, „nicht schwanger."

Der Arzt lachte, als hätte sie gerade einen Witz zum Besten gegeben, während Angela verkrampft auf ihre Handtasche blickte.

„Na dann schauen Sie mal, dass Sie Ihr Gewicht runterkriegen."

„So einfach ist das nicht", entgegnete sie schliesslich leise.

„Reine Willenssache!"

Angela schwieg, studierte den Querschnitt der Gebärmutter, der in Form eines fleischfarbenen Plastikmodells auf dem Tisch stand, und zählte mechanisch die Kugelschreiber und Bleistifte, die in einem mit rot glänzendem Leder eingekleideten Becher standen.

„Was wollen Sie denn? Die Jahreskontrolle?", fragte der Arzt darauf knapp und blickte gelangweilt auf die Uhr.

„Ja, das auch, aber ..." Weiter kam sie nicht, denn er fiel ihr ins Wort und sagte eilig:

„Dann machen Sie sich gleich frei!"

Angela erhob sich sofort und ging folgsam zum Paravent hinüber, obwohl sie am liebsten Hals über Kopf aus dem Sprechzimmer gerannt wäre. Erst als sie sich mit entblösstem Unterkörper auf den mit Papier bedeckten Hightech-Schragen mit den schrecklichen Fussstützen legte, bemerkte sie, dass das Poloshirt des Arztes zu knapp war. Es bedeckte den runden Bauch nicht ganz, sodass über dem Gürtel der Hose ein paar graue Haare drahtig von der fleischigen Haut abstanden. Ihr ekelte und sie wandte schnell den Blick zur Decke, wo die weissen Gipsrosetten sie an die zarten

Zuckerblümchen auf ihrer Hochzeitstorte erinnerten.

Sie zuckte zusammen, als er ihr das eiskalte metallene Spekulum einführte und den Abstrich machte, aber er herrschte sie nur an, sie solle sich gefälligst entspannen, sonst käme er da unten nicht durch. Angela versuchte, tief durchzuatmen, aber ihr schwindelte, und als er schliesslich routinemässig ihre Eierstöcke abtastete und an ihren Brüsten herumknetete, als prüfte er eine Matratze auf ihren Liegekomfort, fühlte sie ein seltsames Ameisenkribbeln in den Armen und ihr wurde beinahe schwarz vor Augen.

„Nun stellen Sie sich doch nicht an wie eine Jungfrau", lästerte der Arzt, gab ihr einen beinahe schmerzhaften Klaps auf den rechten Oberschenkel, liess dann aber die Kopfstütze etwas hinunter und öffnete das Fenster.

„Sie können sich wieder anziehen. Wir sind fertig."

Angela wankte zum Paravent hinüber, weil ihr immer noch schwindelte. Der Arzt aber hatte bereits die Tür zum angrenzenden Zimmer aufgemacht, um den Abstrich unter dem Mikroskop zu kontrollieren, und sah nicht, wie sie sich an die Vorhangstange klammerte und sich danach einen Moment auf den kalten Stuhl setzte.

Als er zurückkam, sass sie immer noch dort, und er herrschte sie an, es sei unhygienisch, sich mit nacktem Hintern auf diesen Stuhl zu setzen, und ausserdem solle sie sich beeilen, denn er sei schon viel zu spät dran fürs Mittagessen.

Angela kleidete sich an wie eine Schlafwandlerin und kehrte schliesslich ins Sprechzimmer des Arztes zurück. Sie ergriff kraftlos ihre Handtasche, die offen war, und nahm sie so ungeschickt, dass sie den ganzen Inhalt auf den Teppich leerte.

Der Arzt schnaufte ungeduldig, aber Angela schaffte es einfach nicht, sich zu beeilen, obwohl sie am liebsten aus dieser furchtbaren Praxis geflohen wäre. Erst als sie das kleine Foto ihrer Zwillinge mit ihrem niedlichen Babylächeln im herzförmigen Rahmen aufhob, das sie immer in ihrer Handtasche bei sich trug, erinnerte sich wieder daran, warum sie eigentlich gekommen war.

„Ich wollte noch fragen, wegen ... der Unterbindung."

„Unterbindung? Für Sie? Dafür sind Sie noch viel zu jung. Vor dreissig macht Ihnen das keiner."

„Vielleicht ..."

„Kommen Sie in zwei, drei Jahren wieder", beendete der Arzt das Gespräch, schob sie aus dem Zimmer und rief seiner jungen Praxishilfe zu, sie solle der Frau Teubel noch eine Broschüre über

Gewichtskontrolle, ausgewogene Ernährung und Diabetesprävention mitgeben.

Angela stolperte aus der Praxis und stieg so rasch wie möglich die zwei Etagen hinunter, aber sie war nicht schnell genug. Noch bevor sie auf der Strasse war, übergab sie sich neben den Briefkästen und stürzte durch die schwere Eingangstür mit der automatischen Klinke auf die lärmige Strasse hinaus.

Vor ihrer eigenen Haustür hockten die Kinder. Die Zwillinge heulten, aber Lea und Dora kritzelten unbekümmert an die Wand. Angela herrschte sie an, sie sollten damit aufhören, aber erst als sie das Gekritzel der beiden entziffert hatte, gab sie Dora eine schallende Ohrfeige. Lea wich noch rechtzeitig aus und schrie hasserfüllt „Eben! Rabenmutter! Rabenmutter!", dass es nur so durch das Treppenhaus hallte und die alte Nachbarin mit ihrer fetten schwarzen Katze auf dem Arm bereits ihre Tür aufschloss, neugierig den Kopf herausstreckte und ihn mit missbilligender Miene schüttelte.

Angela zitterte, versuchte aber nicht mehr, Lea zu schlagen. Es hatte keinen Zweck. Sie war immer flinker, genauso wie ihr für ihr Alter erstaunlich gemeines Mundwerk. Sie öffnete die Tür, scheuchte die erschreckten Zwillinge, die sich nicht mehr in ihre Nähe trauten, hinein und stellte ihnen gleich die Schachtel mit den Cornflakes und eine Flasche Milch hin.

„Das soll ein Mittagessen sein?", rief Lea höhnisch aus sicherer Entfernung, aber Angela ignorierte sie, verliess die Küche und schloss sich im Schlafzimmer ein. Dort blieb sie, bis Benno mit einem Bärenhunger von der Arbeit nach Hause kam und die Zwillinge mit verheulten Gesichtern, aber schlafend vor ihrer Schlafzimmertür fand. Er hämmerte mit seinen Fäusten dagegen, bis Angela schliesslich mit glasigem Blick aufmachte, sich am Türrahmen festhalten musste, um nicht hinzufallen, und sich gleich wieder zurück aufs Bett legte. Eine Flasche Eiercognac stand beinahe leer auf dem Nachttisch.

„Bist du übergeschnappt?", herrschte er sie an und rümpfte angewidert die Nase, als er ihre Alkoholfahne roch. Sie schwieg einfach, aber Benno ergriff die Flasche mit dem eklig süssen Cognac und leerte den kläglichen Rest in die Kloschüssel. In dem Moment kamen Lea und Dora nach Hause und klagten ihrem Vater, sie seien nach der Schule bei einer Freundin geblieben, weil sie sich nach Angelas Schlägen am Mittag nicht mehr nach Hause getraut hätten. Nach diesem objektiven Lagebericht stürzte Benno zurück ins Schlafzimmer, rüttelte Angela wütend an den Schultern und schrie, er habe nun die Nase voll von ihr, und falls sie sich noch mehr gehen lasse und ausser sich selbst nun zusätzlich auch noch seine Kinder völlig vernachlässige und aufs Gröbste misshandle, würde er sich von ihr trennen und schauen, dass seine Kinder endlich zu einer rechten Mutter kämen. Daraufhin befahl er den Kindern, ihre Schuhe anzuziehen, und versprach ihnen ein Abendessen im Fast-Food-Restaurant zwei Strassen weiter, weil es ihre Mutter, im Gegensatz zu ihm, offenbar einen Dreck kümmerte, ob ihr Nachwuchs etwas Anständiges zu essen bekäme oder nicht.

Die Tür knallte ins Schloss, und erst als das aufgeregte Geplapper der Kinder im Flur verhallt war, erhob sich Angela mühsam von ihrem Bett und zog sich aus. Dann riss sie das schwarze Tuch vom Spiegel weg und betrachtete sich splitternackt und leicht schwankend vor dem Spiegel. Die riesigen, massigen Oberschenkel sah sie zuerst, dann den grossen bleichen Bauch, die Taille, die eigentlich gar keine war, und die riesigen Brüste. Sie lief ins Badezimmer, holte dort den kleinen, runden Frisierspiegel und stellte sich mit dem Rücken vor den Schlafzimmerspiegel. Mit dem kleinen Spiegel blickte sie auf ihren Hintern, drehte sich mal nach links, mal nach rechts, bis ihr die Tränen in die Augen schossen. Da liess sie den kleinen Spiegel fallen, hakte den grossen aus seiner Halterung und lief damit in die Küche. Dort kletterte sie mit unsicheren Bewegungen auf den Küchenschemel und von dort auf den grossen Tisch, der unter ihrem Gewicht gefährlich wackelte, und knallte den Spiegel voller Wucht auf die weissen Fliesen. Sie erschrak selber über das laute Geräusch des in tausend Stücke berstenden Spiegels, und als es kurz darauf an der Tür klingelte, wusste sie schon, wer es war, bevor sie, nur mit dem Bademantel bekleidet, aufmachte.

„Es reicht jetzt", schrie die aufgebrachte Nachbarin vom unteren Stock, deren Stimme beinahe in ein hysterisches Keifen überkippte, „morgen beklage ich mich bei der Verwaltung, endgültig!"

Angela schloss die Tür gleich wieder, ergriff den Besen und wischte die silbernen Splitter zu einem Haufen zusammen, während Rotz und Tränen auf den Boden tropften. Nur der ovale Rahmen war ganz geblieben. Sie steckte ihn in die Halterung zurück und hängte das schwarze Tuch wieder darüber. Nun sah es im Schlafzimmer wieder aus, als sei nichts geschehen. Sie schluckte eine Schlaftablette, schlief nach wenigen Minuten ein und hörte nicht einmal, wie die Kinder sich nach ihrer Rückkehr laut schreiend um das elektronische Billigspielzeug der Fast-Food-Kette stritten.

4

Drei Wochen später sass Angela nervös im Büro der Heimleiterin des örtlichen Pflegeheims und versuchte darzulegen, warum die Stelle als Aushilfe in diesem Heim sie interessierte. Die Heimleiterin wirkte etwas distanziert, aber freundlich, und vor allem schaute sie Angela von Beginn an und während des ganzen Gesprächs in die Augen. Irgendwie kam es Angela vor, als sei dies das erste Mal in ihrem Leben, dass jemand nicht zuerst ihre Fülle betrachtete und nicht bereits beim Händeschütteln die Augenbrauen missbilligend in die Höhe zog.

Fünf Tage nach dem Gespräch bekam sie eine schriftliche Bestätigung, dass sie als Aushilfe auf Abruf, die sich auch für die Arbeit in den Abendstunden verpflichtet hatte, eingestellt würde. Im gleichen Schreiben, das den zu unterzeichnenden Vertrag im Doppel enthielt, befand sich auch eine Einladung zum Abholen der Berufskleidung und des Namensschildchens. Angela begab sich also zum zweiten Mal ins Pflegeheim, fand nach einigem Suchen sogar die grosse Wäschereiabteilung und bekam dort von einer gedrungenen älteren Frau ihre vier weissen Berufsschürzen und die dazu passenden weiten weissen Hosen in die Hände gedrückt, sobald sie ihre

Konfektionsgrösse genannt hatte. Angela war platt. Die Frau hatte nicht einmal mit der Wimper gezuckt, als sie statt einer Nummer einfach Grösse XXL gesagt hatte.

Mit den Schürzen und den Hosen unter dem Arm kehrte sie nach Hause zurück und spürte sogar einen Anflug von Stolz, ein Gefühl, das sie seit ihrer ersten Geburt nicht mehr erlebt hatte. Ja, sie war Benno in jenem Moment geradezu dankbar, dass er ihr diese Szene gemacht hatte, als sie sich mit dem Eiercognac betrunken hatte. Ob er die Drohung, sich von ihr zu trennen und sie somit um ihre Zwillinge zu bringen, für die er sich jedenfalls bisher noch nie interessiert hatte, wirklich wahr gemacht hätte, wusste sie zwar nicht mit Sicherheit, aber aufgerüttelt hatte er sie allemal. Auch die plötzliche Angst, die billige Wohnung im Sozialbau zu verlieren, weil die Nachbarin ihre Drohung ein paar Tage später tatsächlich in die Tat umsetzte und die Verwaltung ihr postwendend eine Verwarnung schickte, hatte Angela dazu getrieben, sich beim Stellenvermittlungsunternehmen zu melden. Dort hatte man ihr nach kurzer Zeit mitgeteilt, das Pflegeheim suche mehrere Aushilfen auf Abruf. Angela war alles recht, wenn sie nur nicht zusammen mit Benno im gleichen Supermarkt arbeiten musste, und die Arbeit im Pflegeheim mit all den alten

Leuten stellte sie sich eigentlich nicht sehr schwierig vor. Putzen und Windeln wechseln, das konnte sie schon seit Jahren, nur würde sie – und das war ein sehr grosser Unterschied – im Heim wenigstens dafür bezahlt.

Die Arbeitskleidung probierte sie gleich beim Nachhause kommen an. Die Kinder waren noch in der Schule und so zog sie ihren ewig gleichen verwaschenen Jogginganzug aus und schlüpfte in die soliden, aber bequemen Hosen. Die Kasackschürze aber gefiel ihr noch viel mehr, weil sie sich auf der Haut angenehm kühl und glatt anfühlte und originelle farbige Knöpfe hatte, die aussahen wie Kieselsteine mit Granitmuster. Zum Schluss steckte sie sich das kleine graue Namensschild mit dem schlichten schwarzen Aufdruck *Angela Teubel* über die linke Brust. Danach wollte sie das schwarze Tuch vom Spiegel ziehen, hielt aber im letzten Moment inne, weil sie sich plötzlich bewusst wurde, dass sie völlig aus ihrer Erinnerung geblendet hatte, mit welcher Wut und Verzweiflung sie ihn vor wenigen Wochen auf die Fliesen gedonnert hatte. Nicht einmal Benno hatte bemerkt, dass sich nur noch der ovale Rahmen unter dem schwarzen Stoff verbarg, denn er hatte sie nach seiner Drohung kein einziges Mal angerührt. Überhaupt, das fiel ihr nun plötzlich auf, hatten sie schon seit Längerem nichts mehr miteinander gehabt, aber da es ihr nie Spass gemacht hatte, fehlte es ihr auch nicht und es war ihr mehr als recht, dass Benno sie in Ruhe liess. Jetzt aber hätte sie zum ersten Mal in ihrem Leben neugierig in den grossen Spiegel geguckt, musste sich aber wohl oder übel mit dem kleinen Frisierspiegel, der im Badezimmer an einem Nagel hing, begnügen, und der zeigte sie nicht in voller Grösse, sondern gab ihr Spiegelbild beinahe wie ein Puzzle nur stückchenweise wieder. Hier das Namensschildchen, da drei farbige Knöpfe, die grossen aufgesetzten Taschen, ein gestärkter Kragen, ein volles, eigentlich sehr sanftes Gesicht, und da waren sogar tatsächlich zwei schöne grüne Augen.

Am Ersten des folgenden Monats sollte sie ihre Stelle antreten. Eine Einführungswoche war vorgesehen, damit sie mit der Arbeit und den Heiminsassen vertraut würde.

Erst eine Woche vor ihrem ersten Tag erzählte sie Benno, dass sie eine Stelle im Pflegeheim gefunden hatte. Ein kleines bisschen hoffte sie, ihn damit zu verblüffen, aber er gab sich gleichgültig und meinte nur, im Supermarkt hätte sie mit einer regelmässigen Arbeitszeit sicher mehr verdient als mit dieser Aushilfe im Heim.

„Aber dann kannst du dir ja gleich mal das Geld für deine Unterbindung zusammensparen", meinte er schliesslich. Seltsamerweise hatte sie gar nicht mehr an diesen furchtbaren Termin beim Arzt gedacht, nachdem sie sich entgegen ihrer Gewohnheit mit dem Eiercognac betrunken hatte. Es war, als hätte eine unsichtbare Hand auf eine Taste in ihrem Hirn gedrückt und die ganze Erinnerung ausgelöscht. Gefragt hatte Benno sie an jenem Abend und auch in den darauffolgenden Tagen nicht, warum sie überhaupt in diesem traurigen Zustand gewesen war. Sie schwieg und zog es vor, ihn im Glauben zu lassen, dass sie mit dem Arzt über die Unterbindung gesprochen und einen Termin dafür vereinbart hatte, denn sie wollte keinesfalls, dass er sie dazu zwang, möglicherweise noch einen weiteren Arzt aufzusuchen, der es vielleicht nicht so streng nahm mit dem Mindestalter. Sie selber war sich nämlich überhaupt nicht sicher, ob sie sich wirklich unterbinden lassen wollte, obwohl die ständige Einnahme der Pille sie auch störte, zumal sie den Eindruck hatte, dass sie davon noch zusätzlich dick wurde und Kopfschmerzen bekam, aber um keinen Preis hätte Benno ihr zuliebe ein Präservativ benutzt. Dafür hätte er schliesslich nicht geheiratet, meinte er, als sie einmal vorschlug, auf Kondome zurückzugreifen, weil ihr von der Pille manchmal auch schlecht wurde. Er würde sich sein Vergnügen bestimmt nicht auch noch damit verderben, und überhaupt gäbe es verschiedene Pillen, sie brauchte sich ja bloss eine andere verschreiben zu lassen, damit ihr nicht mehr übel würde. Ausserdem wäre ein bisschen gelegentliche Übelkeit in ihrem Fall geradezu heilsam.

Am ersten Montag musste sie dann gleich Punkt sieben Uhr morgens am Arbeitsplatz erscheinen. Sie wusste allerdings nicht, wie sie es mit den Zwillingen schaffen sollte, denn die mussten erst um halb neun Uhr im Kindergarten sein und waren nun wirklich noch nicht selbstständig genug, um wie Lea und Dora pünktlich aus dem Haus zu gehen. Wenigstens über Mittag konnten sie ausnahmsweise am Kindergartenmittagstisch essen, aber für die Zeit am Morgen musste sie selber eine Lösung finden. Nach einigem Hin- und Herüberlegen hängte sie deshalb unten an der schmierigen Glastür des riesigen Wohnblocks einen Zettel auf, worauf sie geschrieben hatte, dass sie einen Babysitter für die Zeit von halb sieben bis halb neun Uhr suchte, der ihre Kinder auch pünktlich in den Kindergarten begleiten würde. Der Zettel wurde aber mehrmals abgerissen und mit Obszönitäten bekritzelt und Angela musste neue schreiben, bis schliesslich am Wochenende vor ihrem Arbeitsbeginn eine etwa sechzehnjährige Jugendliche an der Tür klingelte und sagte, sie würde den Job gerne übernehmen, da der Kindergarten in der Nähe ihres Gymnasiums läge, wo die Schule mit Rücksicht auf die vielen Schüler, die mit einem Extra-Schulbus aus der ganzen Region kamen, erst um halb neun begann, und sie die beiden Buben gleich auf ihrem eigenen Schulweg mitnehmen könnte. Es fiel Angela allerdings schwer, einen Stundenlohn auszuhandeln, denn sie hatte selber ja noch nichts verdient, aber schliesslich einigten sie sich und seltsamerweise fragte Angela erst beim Verabschieden, wie die Jugendliche, die offenbar nur ein paar Wohnblöcke weiter entfernt lebte, denn eigentlich hiess.

„Luzia."

Angela erbleichte, als sie den Namen hörte, denn obwohl sie wusste, dass dieser Vorname in den letzten Jahren ziemlich in Mode gekommen war, gehörte er in ihren Augen nur ihrer kleinen Tochter. Ja, es war geradezu ein Frevel, einen anderen Menschen diesen Namen auch nur aussprechen zu hören, schlimmer noch, jemanden in ihre Familie eindringen zu lassen, der ihn trug. Sie war nahe daran, der jungen Person zu sagen, sie wolle sie doch nicht engagieren. Luzia aber lächelte sie freundlich an, strich den Zwillingen über den Kopf und streckte ihr zum Abschied die Hand entgegen.

Am Montagmorgen stand Angela Punkt sieben

Uhr in ihrer neuen weissen Arbeitskleidung vor der Leiterin des Pflegeheims, die sie willkommen hiess und sie auf den zweiten Stock brachte, wo sie fürs Erste aushelfen sollte. Zuerst führte sie sie ins Büro der Stationsleitung. Sie klopfte an die milchige Glastür, und Angela versuchte, sich ihren Schrecken nicht anmerken zu lassen, als sie die Gestalt erblickte, die ihnen öffnete und sie beide freundlich anlächelte.

„Theresa, hier bringe ich Ihnen Angela Teubel, Ihre neue Aushilfe", sagte die Leiterin einfach und liess Angela stehen, die nicht wusste, wohin sie gucken sollte. Schliesslich fixierte sie die braunen Augen ihres Gegenübers und versuchte angestrengt, den Rest einfach zu ignorieren, aber ein Gesicht mit derart unharmonischen, asymmetrischen Zügen, in dem einfach nichts zu stimmen schien, hatte sie in ihrem Leben noch nie gesehen. Die Augen waren nicht ganz auf der gleichen Höhe, die Nase riesengross, der Mund schräg, auch wenn sie lächelte, und als sie ihre rechte Hand schüttelte, merkte sie, dass von den fünf Fingern zwei nur kleine Stummel waren. Sogar mit den Beinen oder den Hüften schien etwas nicht zu stimmen, denn das linke Bein war viel kürzer als das rechte und sie hatte deshalb einen hinkenden Gang, obwohl sie am linken Fuss einen klobigen schwarzen Schuh trug, der einen mindestens fünf Zentimeter hohen Absatz hatte, um die fehlende Beinlänge zu kompensieren. Nur das schlichte goldene Kreuz, das an Theresas Hals hing, hatte nichts Ungewohntes, ebenso wie die zahlreichen Silberfäden in ihrem schwarzen Haar und die Krähenfüsse auf ihrer eher dunklen Haut, die Angela zudem darauf schliessen liessen, dass sie bereits um Mitte fünfzig war.

Theresa schien aber Angelas Anstrengung, sich ihren Schrecken nicht anmerken zu lassen, nicht zu spüren, oder vielleicht hatte sie sich während ihres ganzen Lebens einfach einen dicken Panzer zugelegt, an dem die erschreckten Gesichter der anderen abprallten wie Gummipfeile an einem Schild aus Stahl. Jedenfalls stellte sie sie, ohne mit der Wimper zu zucken, gleich dem restlichen Pflegepersonal vor, das auf der Ostseite dieses zweiten Stocks arbeitete. Schliesslich vertraute sie sie Gaby an, einer fröhlichen jungen Person, die auch nicht gertenschlank war und sie gleich mitnahm ins erste Zimmer. Es war dasjenige von Frau De Santo, die offenbar zu den wenigen gehörte, die ein winziges Einzelzimmer hatten. Sie weckten die kleine alte Dame, halfen ihr beim Duschen und Ankleiden, kämmten ihr schütteres gelblich weisses Haar und liessen sie dann einen Moment lang allein im Zimmer, bis der Wagen mit den Frühstückstabletts herangefahren wurde und Gaby Angela hiess, Frau De Santo beim Frühstücken zu helfen, aber als Angela mit dem Tablett ins Zimmer trat, hatte sich die kleinwüchsige Italienerin bereits wieder bis auf die grauen Strümpfe und aufs beige Unterhemd ausgezogen, lachte, dass ihre schlaffen Brüste unter dem noch schlafferen Unterhemd nur so wackelten, und mischte in ihrem beinahe zahnlosen Mund, der so stark in Bewegung war, als kaue sie ständig an einem riesigen Kaugummi, deutsche und italienische Brocken, ohne einen einzigen zusammenhängenden Satz zustande zu bringen, aber mit einem schelmischen Blick, der Angela an Emanuel erinnerte, wenn er etwas angestellt hatte. Angela stellte das Tablett auf den kleinen Tisch, zog ihr erneut die Bluse an, musste sich dafür sogar beinahe vor die ziemlich dicke Frau hinknien, weil sie so klein war, um ihr die Knöpfe wieder zuknöpfen zu können, während ihr die Alte mit ihren etwas klobigen Händen übers Haar strich, irgendetwas nuschelte, mit dem Wickelrock spielte, den ihr Angela wieder umgebunden hatte, und ihr fast zahnloses Lächeln lächelte. Schliesslich setzte sie sich vor das Frühstückstablett. Angela strich ihr Butter und Himbeerkonfitüre aufs Brot und goss ihr den Milchkaffee ein, in den Frau De Santo die Brotscheiben tunkte, sich die eingeweichten Brocken darauf in den Mund steckte, sie schmatzend verzehrte und die restliche bunte Mischung aus Krumen, Himbeerkonfitüre und Milchkaffee genüsslich aus der blaugetupften Kachel schlürfte und Angela dabei ständig über den Rand hinaus anstrahlte. Als sie fertig war, schaute Gaby kurz zur Tür herein, lachte Angela zu und meinte scherzhaft, mit der Frau De Santo habe sie sicher schon eine treue Verbündete im Haus, aber sie müsste ihr nun im anderen Zimmer helfen, weil sie etwas spät dran wären mit dem Aufnehmen und der Morgentoilette von Frau Widmer und Frau Joss. Angela stand deshalb auf, aber die schrumpelige Alte hielt sich an einem Zipfel ihres weissen Kasacks fest. Angela traute sich nicht, sie abzuschütteln, öffnete die Zimmertür deshalb mit ihr im Schlepptau und trat vorsichtig auf den Flur, wo gerade Theresa vorbeihinkte und sagte:

„Na, Frau De Santo, nun lassen Sie die Angela mal hübsch ihre Arbeit machen, ja?" Dabei löste sie die Hand der alten Frau sanft von Angelas Schürze und zeigte auf die kleine getigerte Katze, die etwas weiter vorne im Flur herumstrich, worauf Frau De Santo fröhlich schwafelnd davonstapfte.

„Kommen Sie, Angela, ich brauche Sie, um Frau Zürcher in den Rollstuhl zu setzen."

„Gaby hat mir aber vorhin gesagt, ich müsse ihr jetzt bei der Morgentoilette von Frau Widmer und Frau … ach, ich weiss nicht mehr, wie sie heisst."

„Frau Joss, ja, ja, die zwei können schon noch einen Moment warten, die sind nicht wie Frau Zürcher", winkte Theresa ab und öffnete eine andere Zimmertür. Angela folgte ihr und sah die alte schwere Frau mit den langen grauen Haaren, die mindestens so dick wie sie selbst war und mit einem grimmigen Ausdruck im Gesicht bereits fertig angezogen auf dem Bett lag.

„Wird auch Zeit, dass Sie kommen", brummte sie ihnen entgegen und Theresa half ihr beim Aufsitzen und zeigte Angela anschliessend, wie sie die alte Frau mit ihr zusammen in den Rollstuhl hieven wollte. Angela gab sich alle Mühe, es recht zu machen, aber sie ächzte unter dem Gewicht, weil sie es überhaupt nicht gewohnt war, so schweren Menschen behilflich zu sein, geschweige denn, sie vom Bettrand auf einen Rollstuhl zu rutschen.

„Ächzen Sie gefälligst nicht so unverschämt", fuhr Frau Zürcher sie an, aber Theresa zwinkerte Angela zu, ohne dass die Alte es merkte, und Angelas Anflug von Unmut verflog sofort. Theresa schob anschliessend den Rollstuhl mit der alten Frau an den Tisch vor dem Fenster und hiess Angela, das Frühstückstablett mit ihrem Namen zu holen, aber noch bevor Angela es vor sie hinstellte, klagte sie bereits, man liesse sie wirklich verhungern in diesem trostlosen Heim. Theresa aber deutete mit einer Kopfbewegung Richtung Tür und verliess mit Angela das Zimmer.

Im gegenüberliegenden Zimmer stand die Tür offen und Gaby rief Angela, sie müsse ihr jetzt unbedingt bei der Morgentoilette und beim Anziehen der beiden bettlägerigen Frauen helfen, und drückte ihr gleich einen weissen Waschlappen in die Hand.

„Der ist fürs Gesicht und den Ober- und Unterkörper. Und der da", sie wies auf einen blauen Lappen, „für die Intimpflege."

Darauf duzte sie Angela spontan und fügte bei:

„Aber schau erst mal zu, ich zeig dir, wie's geht."

Sie wusch die zerbrechliche, zarte Frau Joss, die neugierig fragte, wer denn die hübsche Neue mit den grünen Augen sei, und antwortete scherzend:

„Das ist Angela. Sie wird uns aushelfen, wenn Not an der Frau ist. Morgen wird sie Sie dann allein waschen."

„Was? Was? Und was ist mit mir?", fragte

Frau Widmer, die im Bett gegenüber lag und versuchte, dem Gespräch zu folgen, obwohl sie wegen ihrer Schwerhörigkeit nur die Hälfte verstand.

„Aber natürlich Sie auch! Wir kommen gleich", beschwichtigte sie Gaby betont laut und Angela bewunderte sie, wie freundlich sie stets blieb und wie schnell sie die richtigen Worte im Umgang mit diesen alten Menschen fand. Noch mehr aber bewunderte sie Theresa, der die Natur in Bezug aufs Äussere einfach rein gar nichts geschenkt hatte, was reizend oder hübsch gewesen wäre, deren Wesen aber diesen alten Menschen gegenüber von einer Feinfühligkeit, Warmherzigkeit und Herzlichkeit war, die ihresgleichen suchte.

Angela lernte schnell an diesem Morgen und die Zeit verging wie im Flug mit dem Aufnehmen und Ankleiden der restlichen Heimbewohner, dem Bettenmachen, dem Leeren der Urinflaschen, dem Auswechseln der Kathetersäcke, dem Verteilen von Tee und Mittagessen, dem Sortieren und Einräumen der frisch gewaschenen Wäsche und dem Abstauben und Desinfizieren der metallenen Bettgestelle. Natürlich lernte sie auch noch die anderen Pflegerinnen kennen, aber keine war ihr auf Anhieb so sympathisch wie Gaby und Theresa.

Sie war derart beschäftigt und konzentriert bei

der Sache, dass sie zum ersten Mal in ihrem Leben keinen einzigen Gedanken an ihre Familie verschwendete, ihre Zwillinge sogar völlig vergass und keine Sekunde an ihre kleine Luzia dachte. Auch während der fünfzehnminütigen Pause schwatzte sie angeregt mit der fröhlichen Gaby und hatte deshalb nicht einmal Zeit, ausser dem Kaffee noch etwas Handfesteres zu sich zu nehmen. Um die Mittagszeit aber hörte sie ihren Magen laut knurren und war froh, dass sie sich ein Tablett mit dem Tagesmenü holen konnte und nicht noch lange selber am Herd stehen musste.

Der Nachmittag war auch sehr arbeitsintensiv und Angela blickte ab und zu auf die Uhr, weil sie sich nun völlig erschlagen fühlte und ihre Knie schmerzten.

Abends um sechs dann durfte sie nach Hause und sandte beinahe ein Stossgebet zum Himmel, der Lift möge nicht wieder defekt sein. Sie hatte Glück, denn der Aufzug funktionierte und brachte sie zu Lea und Dora, die tatsächlich zu Hause waren und die Zwillinge vom Kindergarten abgeholt hatten. Emanuel und Samuel fielen ihr um den Hals, als sei sie Jahre fort gewesen, und sogar Lea und Dora verzichteten auf ihre frechen Sprüche, als Angela ihnen sagte, dass es sie freue, wie gut sie sich um die beiden kleinen Brüder gekümmert hätten.

Die Stunde, die ihr aber noch blieb, um bis zu Bennos Heimkehr das Abendessen zu richten, schien ihr nun viel zu kurz, zumal sie sich nach der stürmischen Begrüssung der Zwillinge erst einmal einen Moment lang aufs Bett im Schlafzimmer legte und prompt einnickte. Erst als Benno sie wachrüttelte und schlechtgelaunt anherrschte, wo denn das Abendessen bliebe, setzte sie sich erschrocken auf und eilte in die Küche. Benno aber setzte sich fluchend vor den Fernseher, legte die Beine hoch und rief ihr nach, sie solle verdammt noch mal gefälligst besser organisieren.

Angela hingegen hantierte in der Küche, brachte das Essen schliesslich mit einer Stunde Verspätung auf den Tisch, war dann aber selber zu müde, um sich dafür hinzusetzen. Sie überliess es Benno, sich während des Essens und für den Rest des Abends um die Kinder zu kümmern, duschte und verzog sich ins Schlafzimmer, wo sie in Sekundenschnelle völlig erschöpft einschlief.

5

Am anderen Morgen aber traf sie sogar fünf Minuten vor sieben auf dem zweiten Stock ein, nachdem sie sich in der Garderobe im Untergeschoss umgezogen hatte. Theresa suchte gerade etwas im Kardex, blickte überrascht auf und begrüsste sie lächelnd:

„Guten Morgen Angela! Du bist aber früh dran. Kannst du dich bitte gerade um Frau De Santo kümmern. Die ist schon wach und wer weiss, was die alles anstellt."

Dass Theresa sie bereits am zweiten Tag duzte, gefiel Angela. Noch mehr aber freute sie sich über die Verantwortung, die man ihr bereits heute übertrug, und dass sie gleich mit Frau De Santo den Tag beginnen konnte, war ihr mehr als lieb, denn in all ihrer Verwirrtheit war sie eine Person, die einem einfach ans Herz wachsen musste.

Noch bevor Angela aber aus dem Stationsbüro trat, summte der Notruf im Zimmer von Frau Zürcher. Theresa runzelte die Stirn, lief aber sofort in den Flur und in die Richtung des betreffenden Zimmers, dessen Tür überraschenderweise offen stand und über deren Rahmen das Licht an der Rufanlage rot leuchtete.

Angela folgte ihr und sah im gleichen Moment wie Theresa, warum Frau Zürcher wie wild an der Schnur über ihrem Bett, die eigentlich für Notfälle vorgesehen war, riss und entrüstet schrie:

„Diebin! Schwachsinnige! Lass die Finger davon!"

Frau De Santo, noch im Nachthemd, stand mit einer grossen Schachtel Pralinen beim Fenster und war gerade dabei, sich ein süsses Stück nach dem andern in den Mund zu stopfen. Theresa aber nahm ihr gleich die Schachtel aus der Hand und legte sie zurück in die geöffnete Nachttischschublade neben dem Bett von Frau Zürcher.

„Die gehört angezeigt, nein besser noch, eingesperrt!", zeterte Frau Zürcher. „Wer weiss, was die mir das nächste Mal klaut!"

Theresa warf ihr einen finsteren Blick zu und sagte ruhig:

„Sie wissen genauso gut wie ich, dass Frau De Santo Ihnen nie etwas Wertvolles stehlen würde. Sie ist einfach ein unverbesserliches Schleckmaul."

Die beinahe zärtliche Milde, mit der sie den letzten Satz sagte, fiel nicht nur Angela auf, die die ganze Zeit stumm dagestanden hatte, sondern auch Frau Zürcher, die verbittert rief:

„Na, die wird sich ja nie bessern, wenn Sie ihr immer alles nachsehen!"

Darauf blickte Theresa Frau De Santo, die mit

ihren Händen an ihrem Nachthemd herumknetete und noch umständlich und hörbar schmatzend an der Schokolade kaute, streng an und
sagte mit erhobenem Zeigefinger und gespielt
ernstem Ton:

„Aber, aber, Frau De Santo! Werden Sie sich
eigentlich nie bessern? Wie können Sie denn der
zuckerkranken Frau Zürcher einfach die Pralinen wegessen?"

„Si, si", antwortete Frau De Santo mit ihren
strahlenden wasserblauen Augen und Angela
musste sich das Lachen verbeissen ob des grimmigen Gesichts der Frau Zürcher und der Un-
schuldsmine der kleinen Italienerin.

Theresa nahm sie bei der Hand und verliess
mit ihr und Angela das Zimmer. Auf dem Flur
standen bereits Gaby, Sophie und Helga, die inzwischen auch eingetroffen waren. Sie fragten,
was los sei, aber Theresa erklärte, das Übliche
eben, die Frau De Santo habe wieder einmal die
verbotene Schokolade der Frau Zürcher gefunden. Auch diesmal sei's natürlich keine zucker-
freie Diätschokolade gewesen, sondern nor-
male. Sie wisse wirklich nicht, warum die Angehörigen so schwer von Begriff seien und der
dicken Frau mit ihrem Diabetes ständig Süssig-
keiten brächten. Sie überliess Frau De Santo Angela und kümmerte sich mit den anderen

Frauen um die restlichen Insassen auf ihrem Stockwerk.

Der zweite Einführungstag verlief genauso streng wie der erste, aber Angela fühlte sich erstaunlicherweise schon recht vertraut mit all den alten Leuten und den anderen Mitarbeiterinnen. Helga war schon um die fünfzig und sehr schweigsam, Sophie hingegen eine quirlige junge Person, die auf Angela einredete wie ein Wasserfall, wenn sie ihr jeweils eine neue Aufgabe zeigte. Auch Herrn Benjamin, einen der wenigen männlichen Heimbewohner, der das Zimmer mit dem beinahe blinden Herrn Stadler und dem zittrigen, verwirrten Herrn Affentranger teilte und eigentlich noch gut zu Fuss und im Geiste noch recht frisch war, hatte sie näher kennengelernt. Auch er schien sie auf Anhieb zu mögen. Jedenfalls tätschelte er ihr stets den Oberarm und stöhnte leise, wenn sie ihm beim Runterlassen der Hose half, um den vollen Urinbeutel zu wechseln, der mit einem kleinen Riemen an seinem Unterschenkel befestigt war.

Am zweiten Abend dachte Angela, als sie wieder völlig erschöpft im Bett lag, wie gut es war, dass sie ihre Tage bereits vor Beginn der Einführungswoche im Pflegeheim gehabt hatte. Denn obwohl die Arbeit ungeheuer anstrengend für sie war, hätte sie um keinen Preis auch nur einen einzigen davon verpassen wollen, zumal ihre monatliche Gewohnheit sie jeweils stets für drei ganze Tage völlig lahmlegte. Sie war dann vor Schmerz beinahe unfähig, sich um die Kinder zu kümmern, weil er ihren Kopf wie eine bleierne schwarze Masse füllte und alle anderen Gedanken völlig auslöschte.

So war es auch eine Woche vor ihrem neuen Arbeitsbeginn gewesen, als sie sich wieder einmal aufgemacht hatte zu diesem schmerzhaften Abstecher in die Vergangenheit, der sie jedes Mal erdrückte, aber von dem sie einfach nicht lassen konnte. Kaum spürte sie die ersten Anzeichen, Kopfschmerzen und ein leichtes Ziehen und Schweregefühl im Unterleib, schleppte sie ihre Fülle aus dem Haus, sobald die Kinder in der Schule und im Kindergarten waren, und egal, wie das Wetter draussen war. Fiel die Zeit auf ein Wochenende, sagte sie Benno gegenüber einfach, sie brauche in der Zeit ihrer Tage frühmorgens viel frische Luft, sonst steigere sich der Kopfschmerz zur unerträglichen Migräne, und das war im Grunde nicht einmal eine Lüge. Benno stellte in dieser Beziehung keine Fragen. Es war ihm egal, wohin sie ging, wenn sie ihre Tage hatte. Notfalls gab es ja da noch die mollige Schwarzhaarige an Kasse fünf, die eine kleine

Wohnung gegenüber vom Supermarkt hatte, und ausserdem, Hauptsache war, seine Hemden waren gebügelt, das Essen stand pünktlich auf dem Tisch, die Hausaufgaben der Kinder waren erledigt und sie liess ihn während der anderen Nächte im Bett machen, wonach ihm der Sinn stand. Das bisschen Bewegung konnte ihr auf jeden Fall nur guttun. Ausserdem, dick, wie sie war, würde sowieso niemand mit ihr flirten. Grund zur Eifersucht hatte er also nicht. Warum hätte er sie folglich an ihren Spaziergängen hindern sollen, wenn sie denn schon einmal einen Anflug von Interesse an ihrer eigenen Gesundheit zeigte? Nur die Zwillinge, die zwei Kletten, die gingen ihm in der Zeit, die Angela allein draussen verbrachte, mächtig auf den Geist mit ihrem Spiel, ihrem Nie-stillsitzen-Können und ihrem Betteln nach Aufmerksamkeit, wo er doch lieber in Ruhe die Nase zwischen die zerfledderten Seiten der Gratiszeitung steckte, die er am Vortag auf der Strasse aufgelesen hatte.

Angela marschierte zuerst zügig, aber dann wurde ihr Schritt immer schleppender, und als sie ihrem Ziel schon ganz nahe war, musste sie sich zwingen, weiterzugehen bis zum rostigen, geschwungenen Eisentor, das schon seit Jahren immer gleich quietschte, als sie es aufstiess und auf die gepflegten Kieselwege trat. Sie hätte den

Weg mit geschlossenen Augen machen können, nicht nur, weil die quadratische Anlage der Wege die Orientierung erleichterte, sondern auch, weil ihr Körper, wenn sie die Schwelle zu den Toten erst einmal überschritten hatte, geradezu automatisch zum richtigen Stein hinstrebte.

Wolf Sandmann 3.4.1930–30.5.1991.

Nichts hatte sich verändert. Nur die Blumen wechselten zwischendurch. Seine Frau oder seine Kinder schauten gut zu dem Grab, befreiten es vom Unkraut, entfernten die verwelkten Blumen und ersetzten sie durch neue. Ob sie wohl auch an Luzia dachten, wenn sie sich um die Grabpflege kümmerten? Ob die eigenen Kinder von diesem Wolf davon wussten, von dem, was ihr verstorbener Vater da in den Armen hielt? Von dem, was da mit ihm zusammen verweste? Angela würde es nie wissen. Sie hatte kein Anrecht darauf, so wie ihre kleine Luzia kein Anrecht auf ein eigenes Grab gehabt hatte. Das wiederholte sie sich, wie ein Ritual, schon seit Jahren. Sie nahm den Tannenzweig mit dem Weihwasser und besprühte das Grab damit. Dann setzte sie sich in den Kies davor, starrte auf die Blumen und schloss die Augen. Ganz deutlich hörte sie das Baby schreien, aber es ist tot, es ist tot, flüsterte die eindringliche Stimme ihrer Mutter ganz nah an ihrem Ohr, so nah, dass sie ihren warmen

Atem spüren konnte und das Weinen des Neugeborenen immer leiser wurde, bis es schliesslich ganz verstummte. Angela schlug die Hände vors Gesicht, aber die Tränen kamen nicht.

Eine Stunde später war sie wieder auf dem Heimweg. Der Lift funktionierte zum Glück und sie fuhr hinauf, wo Benno, dem an diesem Tag schon nach kurzer Zeit die Geduld mit den zankenden Kindern ausgegangen war, sie nun doch anherrschte, sie hätte heute viel zu lange gebraucht und das sollte wohl für die zwei Tage ausreichen, wobei er beim gewohnheitsmässigen Schimpfen ganz vergass, dass der folgende Tag wieder ein Werktag war. Angela aber hörte gar nicht hin, schnürte sich mechanisch die Küchenschürze um ihren Leib, begann bereits mit der Zubereitung des Mittagessens, und merkte nicht einmal, dass die Zwillinge um sie herumlärmten und stritten. Beim Käsereiben stopfte sie sich den halben Käse in den Mund, und als sie Butter in die Pfanne gab, um die Zwiebeln für den Kartoffelgratin zu rösten, liess sie auch gleichzeitig eine dicke Scheibe davon auf der Zunge zergehen. Eigentlich merkte sie aber kaum, welchen Geschmack der Käse hatte und wie die Butter auf ihrer Zunge schmeckte, denn vor ihrem inneren Auge sah sie nur die geschlossenen kleinen Fäuste und die Mimik des Neugeborenen, das ganze Spiel seiner noch unkontrollierten Gesichtsmuskeln, das sich auf dem zarten Gesichtchen zeigte, und sein allerliebstes Engelslächeln.

Am anderen Morgen, der ja ein Montag und somit ein Tag war, an dem Benno sich üblicherweise nicht zu Hause befand, ging Angela, nachdem die Mädchen in der Schule und die Jungen im Kindergarten waren, etwas später los. Sie stiess wieder das quietschende Eisentor auf, bemerkte aber gleichzeitig, dass sie diesmal nicht alleine auf dem Friedhof war. Ein Mann ging ein paar Schritte weiter entfernt von ihr. Er hatte den Blick gesenkt und bemerkte sie nicht, oder vielleicht tat er auch nur so, als hörte er das leise Geräusch ihrer Schritte auf dem Kies nicht. Angela war das mehr als recht. Wenigstens hier an diesem Ort der Ruhe und des Friedens hoffte sie, nicht mit abschätzigen Blicken gedemütigt zu werden, und tatsächlich kam es eigentlich nur selten vor, dass andere Leute gleichzeitig wie sie auf der gleichen Allee wanderten und vor Gräbern stehen blieben. Sie atmete auf, als sie sah, dass der Mann sich immer weiter von ihrer Allee entfernte und in den oberen Teil des Friedhofs ging, dort, wo die frischen, noch mit Blumen und Kränzen überladenen Gräber waren.

Sie besprengte Wolfs Grab und blieb eine Weile stehen, während der Kloss in ihrem Hals immer grösser wurde. Sie wusste, dass sie bald Atemnot bekommen würde, weil es ihr dermassen die Kehle zuschnürte, aber die Anwesenheit des fremden Mannes hinderte sie daran, sich laut schluchzend auf das Grab zu werfen, und sie schaffte es nur mit grosser Anstrengung, sich selber abzulenken und über den rötlichen Marmorstein mit den klobigen goldenen Lettern nachzudenken, der ihr eigentlich überhaupt nicht gefiel, weil sie viel lieber etwas Feines, Zartes für Luzia gehabt hätte. Einen leichten, luftiggrauen Bimsstein oder einen kleinen weissen Engel in der Art, wie sie ihn neben der kleinen Friedhofskapelle gesehen hatte, im etwas abgetrennten Teil mit den Kindergräbern.

Der Mann kam wieder zurück. Sie wollte ihn ignorieren, blickte dann aber doch flüchtig in seine Richtung. Er hielt seinen schwarzen Lockenschopf immer noch gesenkt, aber sie bemerkte, dass er bereits ergraute Schläfen hatte und einiges älter wirkte. Als er ganz nah bei ihr war, hob er seinen Kopf und murmelte ein leises, fast unhörbares „Guten Tag". Nur kurz trafen sich ihre Blicke und Angela erwiderte den Gruss nicht. Nicht nur, weil es ihr immer noch die Kehle zuschnürte, sondern weil sie sich plötzlich auch noch sehr verwirrt fühlte. Nachdem sie den Unbekannten nämlich nun aus der Nähe gesehen hatte, bekam sie den Eindruck, ihm schon irgendeinmal begegnet zu sein. Als der Mann bereits zum Friedhof hinausgegangen war, stand sie deshalb immer noch in völlig verkrampfter Haltung, mit zusammengepressten Lippen und gerunzelter Stirn vor dem Grab und konnte sich einfach nicht entsinnen, wo sie ihn schon einmal gesehen hatte.

Am dritten und letzten Tag ihres allmonatlichen Besuchs kam sie zum Friedhof, als der gleiche Fremde ihn gerade verliess und das eiserne Tor aufstiess. Er grüsste diesmal etwas lauter und hielt ihr das Tor auf. Angela grüsste zurück, fühlte sich dabei aber so unwohl, dass sie sich zu rasch neben ihm durch das halb offene Tor quetschte und mit ihrer Handtasche an der Klinke des noch geschlossenen Torflügels hängen blieb. Sie wurde abrupt in ihrem plötzlichen Elan gebremst, als es ihr den Riemen der Handtasche beinahe von der Schulter riss. Peinlich berührt über ihre eigene Ungeschicktheit hakte sie den Riemen wieder aus der Klinge und stellte ihre Ohren bereits auf Durchzug für die spöttische Bemerkung, die unmittelbar folgen musste. Der Mann aber sagte kein Wort und entfernte sich.

Erkannt hatte er sie im Moment, als sie mit ihrem Riemen an der Klinke hängen geblieben war. Nur an ihren Namen konnte er sich natürlich

nicht mehr erinnern, denn er traf in seinem beruf-
lichen Alltag, wenn er nicht krankgeschrieben
war wie jetzt, auf viele verschiedene Menschen,
oft in äusserst prekären Situationen, aber nun
wusste er genau, dass er bereits einmal in diese
grünen Augen geblickt hatte. Auch der graue,
schräge Schneidezahn war ihm schon einmal aufgefallen. Es musste vor nicht allzu langer Zeit geschehen sein, aber weil sich die Ereignisse in seinem eigenen Privatleben in den vergangenen
Monaten so dramatisch überstürzt hatten, war
ihm der Sinn für Zeit beinahe völlig verloren gegangen.

6

Am Morgen des dritten Tages von Angelas Einführung als Aushilfe erschien Luzia nicht pünktlich um halb sieben an der Tür der Familie Teubel. Angela blickte immer wieder auf die Uhr und ihre anfängliche Ungeduld steigerte sich mit jeder Minute, die verstrich, zur Verzweiflung. Benno musste bereits um Viertel vor sieben aus dem Haus, weil die Frischprodukte im Supermarkt um sieben geliefert und sofort in die Kühlregale eingeräumt werden mussten, damit die Kühlkette nicht unterbrochen wurde. Er konnte es sich somit auch nicht leisten, zu spät zur Arbeit zu kommen. Abgesehen davon hätte er es auch nicht gemacht, wenn er morgens flexible Arbeitszeiten gehabt hätte. Das bisschen Aushilfsarbeit im Pflegeheim war im Vergleich zu seinem Vollzeitjob sowieso ein Klacks und Angela sollte sich gleich von Anfang an dran gewöhnen, dass es allein ihre Pflicht war, dafür zu sorgen, dass zu Hause alles reibungslos lief, selbst wenn sie auch auswärts arbeitete.

Um fünf vor sieben war der Babysitter noch immer nicht da, und statt zuerst bei dem jungen Mädchen zu Hause anzurufen, telefonierte Angela mit Theresa und sagte, sie hätte leider etwas Verspätung. Die Stationsleiterin schien gar nicht erfreut, liess es aber ihren Worten nicht anmerken. Sie meinte nur:

„Heute ist Badetag für die Hälfte unserer Bewohner. Es wird anstrengend. Wir brauchen unbedingt jemanden, der uns hilft!"

Kaum hatte Angela den Hörer aufgelegt, klingelte es an der Tür und Luzia erschien, völlig ausser Atem. Sie hätte ganz einfach den Wecker nicht gehört, entschuldigte sie sich, und ausserdem funktioniere der Lift mal wieder nicht. Angela hörte ihr aber gar nicht zu, küsste die Zwillinge, die noch ganz verschlafen in ihren Pyjamas herumstanden und sich die Augen rieben, stürzte, ohne gefrühstückt zu haben, aus der Wohnung, rannte die vielen Stufen hinunter, ohne an ihre Knie zu denken, und erwischte gerade noch den nächsten Bus.

Theresa machte ihr keine Vorwürfe, als sie mit einer halben Stunde Verspätung im Heim eintraf. Diese Angela, ihre neue Aushilfe, war ihr nämlich sehr sympathisch. Sie schien zwar wirklich schwer übergewichtig zu sein, war aber trotzdem sehr flink, schien sich zudem alle Mühe zu geben, es recht zu machen, lernte schnell und war ausgesprochen freundlich zu den Heiminsassen, wie sie bereits innerhalb weniger Tage hatte feststellen können. Die Tatsache, dass sie am dritten Tag eine halbe Stunde zu spät kam, war verzeihlich, denn es schien ihr einleuchtend und glaubhaft, dass die Verspätung eines Babysitters für das zu späte Erscheinen einer berufstätigen Mutter verantwortlich sein konnte.

Frau Zürcher hatte, noch im Nachthemd, ausnahmsweise bereits im Bett gefrühstückt, und Theresa und Gaby waren gerade dabei, sie mit dem elektronischen Hebekran von ihrem Bett zum Rollstuhl zu hieven, weil sie es leid waren, sich beim Herumschleppen der schweren Dame ständig den Rücken kaputt zu machen. Frau Zürcher aber schien überhaupt nicht ihrer Meinung zu sein, denn sie wetterte in aller Lautstärke, schrie, sie sollten sich gefälligst beeilen, denn sie müsse dringend aufs Klo, aber Theresa und Gaby schafften es nicht mehr. Die alte Frau stuhlte, als sie noch in ihrem Nachthemd mit dem Schlitz im Rücken in der Halterung am Kran hing, und weil Angela gerade in dem Moment zur Tür hereingekommen war und keine Bettpfanne in Reichweite entdeckte, ergriff sie kurzerhand ein Paar Plastikhandschuhe und pflückte das Warme, das da kam, bevor es auf den Boden klatschte, während Theresa und Gaby noch an den Halterungen und dem Gestänge des Krans hantierten.

Niemand sagte etwas, nicht einmal Frau Zürcher, die mit hochrotem Kopf in der Vorrichtung hing, wobei nicht klar war, ob ihr Scham, Wut oder Anstrengung die Röte ins Gesicht getrieben hatte.

„Danke Angela", sagte Theresa schliesslich mit einem anerkennenden Blick, reichte ihr einen blauen Waschlappen und hievte Frau Zürcher, nachdem Angela sie gesäubert hatte, endlich in den Rollstuhl. Dann stiess Gaby sie ins geräumige Badezimmer, während Theresa mit dem fahrbaren Kran folgte.

Zwei Stunden später, nachdem Angela zusammen mit Gaby mehrere Heimbewohnerinnen gebadet hatte, fragte Theresa Angela, ob sie eigentlich seit Montag schon mal im Zimmer von Frau Miesmer, Frau Kempner und Frau Ramseier gewesen sei, aber Angela verneinte, denn diese Namen sagten ihr gar nichts.

„Ihr Zimmer gehört eigentlich zur Abteilung West auf der anderen Seite des zweiten Stocks, aber oft kümmern wir vom Osten uns um diese drei, weil die dort ständig überfordert sind", erklärte Theresa mit einem leicht abschätzigen Unterton in der Stimme und lief mit Angela den langen Gang entlang auf die Westseite rechts vom zentralen Lift.

„Es kann ja sein, dass du auch hier einmal aushelfen musst", erklärte Theresa, „also erschrick bitte nicht."

Angela schaute sie erstaunt an und betrat mit ihr das etwas stickige Zimmer, aber auf den ersten Blick verstand sie überhaupt nicht, wovor sie denn nicht erschrecken sollte. Eine der drei Insassinnen sass schweigend am kleinen Tisch in der Mitte des Raumes, eine andere stand vor dem Fenster und blickte stumm hinaus und eine dritte schien still in ihrem Bett zu liegen. Keine der beiden bewegte sich, als Theresa die Tür hörbar hinter sich schloss, laut „Guten Morgen" rief und sich dann mit Angela dem Bett näherte, in dem eine dünne Gestalt lag, die sie freundlich mit „Hallo Luzia, wie geht's" begrüsste. Angela wankte bereits, als sie den Namen hörte, aber als dann als Antwort auch noch ein lang gezogener, heulender Schrei wie von einem eingesperrten Tier die momentane Stille zerriss, wurde Angela kreidebleich und Theresa konnte ihr gerade noch einen Stuhl unterschieben, weil ihr einen Moment lang wirklich schwarz vor Augen wurde. Sie tätschelte ihr freundlich die Wange und sagte tröstend:

„Alles halb so schlimm", und zu Luzia gewandt, „nicht wahr, Luzia?"

Dann liess sie das Gitter hinunter und fuhr dem abgemagerten Wesen, das im Krankenhaushemd, welches den knochigen Rücken entblösste, und in erstarrter Fötusstellung auf dem weissen

Laken lag, über die spärlichen grauen Haarsträhnen. Als Antwort schrie es wieder, aber diesmal etwas weniger heftig. Das Streicheln schien beruhigend zu wirken.

„Und sie heisst … ", Angela erhob sich wieder von ihrem Stuhl und brachte es endlich fertig, den Namen auszusprechen, „Luzia?"

„Ja, eigentlich Frau Ramseier, aber wir schaffen es nicht, sie mit ihrem Familiennamen anzusprechen. Sie ist einfach unsere Luzia."

„Und was ist mit ihr?", fragte Angela leise.

„Sie hat eine grauenhafte Lebensgeschichte, die Arme. Ihr Leben lang hatte sie nur Pech. Sie kam wahrscheinlich bereits schwerstbehindert auf die Welt und wurde von den Eltern, die sich für sie schämten, in einem Schuppen versteckt, wo sie vor sich hinvegetierte. Sozusagen lebendig begraben im eigenen Dreck."

Theresa musste einmal laut hörbar durchatmen und fuhr fort: „Ja, und als sie dann viele, viele Jahre später endlich entdeckt wurde, kam alle Hilfe bereits zu spät. Man konnte überhaupt keine Fähigkeiten mehr fördern oder auch nur ansatzweise entwickeln. Sprechen hat sie nie gelernt, deshalb schreit sie nur wie ein Tier. Blind ist sie auch und wegen des Muskelschwunds sind ihre Glieder in der Stellung, wie du sie hier siehst, versteift."

„Warum die Eltern sie dann wohl überhaupt Luzia genannt haben?"

„Das waren nicht die Eltern. Die redeten ja nie mit ihr. Und wenn, dann sprachen sie nur von der *Schande.*"

„Woher weisst du das?"

„Das steht in ihrer Lebensgeschichte in der Bewohnerakte. Erst die Leute, die sie entdeckten, gaben ihr den sprechenden Namen Luzia, weil sie doch ihre ersten zwanzig Jahre im Halbdunkel verbracht hatte. Gutmachen", Theresa seufzte, „konnten sie damit allerdings nichts mehr."

„Das ist einfach ..." Angela fehlten die Worte.

„Furchtbar und unglaublich, nicht wahr? Und stell dir vor, sie kam erst von Heim zu Heim, dann von einer psychiatrischen Anstalt zur anderen, bis sie bei der Eröffnung unseres Hauses vor elf Jahren hierher verlegt wurde. Inzwischen ist sie siebzig und die einzige Freude, die sie wohl hat, ist dies da", erklärte Theresa, öffnete die Nachttischschublade neben dem Gitterbett, entnahm ihr eine angebrochene Tafel Schokolade und schob Luzia ein kleines Stückchen davon in den Mund, nachdem sie die Magensonde mit dem Vitaminpräparat gefüllt hatte und wartete, bis die zähflüssige gelbe Masse durch den dünnen Schlauch in Luzias Nase geflossen war.

„An ihre Schreie gewöhnt man sich, aber …"

„An ihr Schicksal bestimmt nicht", ergänzte Angela.

„Das sagen Sie, weil Sie nicht ständig in diesem Zimmer wohnen müssen!", rief die alte Frau, die ihnen immer noch den Rücken zukehrte und zum Fenster hinausschaute, böse. Angela blickte erstaunt auf den leicht gekrümmten Rücken, aber Theresa flüsterte beinahe unhörbar:

„Ignorier sie einfach, die hat sowieso Haare auf den Zähnen."

„Die hätten Sie auch, wenn Sie das Geschrei dieser Schwachsinnigen von morgens bis abends anhören müssten!", schrie die Frau, die offensichtlich erstaunlich gut hörte, nun erbost, aber schlagfertig und grimmig gegen das Fenster, bis es mit Speichelspritzern übersät war, als hätten die feuchten Tröpfchen eines Nieselregens sich gerade auf der Innenseite des Fensters niedergeschlagen.

Sie hörten, wie der Wagen mit dem Mittagessen im Flur herangerollt wurde, und Theresa hiess Angela, Frau Miesmers und Frau Kempners Tablett hereinzuholen. In der Zwischenzeit hob sie die spindeldürre Luzia aus dem Bett, setzte sie in ihren Rollstuhl, legte ihr eine leichte Wolljacke um die spitzen Schultern, kämmte das

spärliche graue Haar mit einer weichen Baby-
bürste und band ihr einen Latz um den Hals,
weil ihr noch etwas schokoladebrauner Speichel
aus dem Mundwinkel rann. Luzia blieb still und
regungslos sitzen, mit steif nach unten geboge-
nen Händen und starrem, völlig ausdruckslosem
Blick. Erst als Angela Frau Miesmers Tablett un-
gewollt laut auf den Tisch stellte, zuckte sie zusammen und stiess ein Geheul aus, das Angela
bis ins Mark erschütterte.

„Guten Appetit", sagte Theresa zu Frau Miesmer und wandte sich dann an die andere Frau,
die bisher überhaupt nichts gesagt und den anderen nur schweigend zugeschaut hatte.

„Frau Kempner, Angela wird Ihnen heute
beim Essen behilflich sein."

Die Frau in ihrem geblümten Rock gab keine
Antwort und kniff die Lippen nur noch mehr zusammen.

„Ist sie stumm?", fragte Angela darauf leise.

„Nein, aber vor zwei Jahren hat sie einfach
aufgehört zu sprechen. Warum, wissen wir
nicht. Sie wurde natürlich untersucht, aber ein
medizinisches Problem besteht offenbar nicht."

Angela blickte auf das Tablett, auf dem ein
Teller mit drei farbigen Breien stand. Grün, gelb
und braun. Ein Schälchen mit orangefarbenem
Inhalt, der aussah wie gemixtes Kompott,

stand auch darauf. Theresa bemerkte ihren fragenden Blick und meinte:

„Sie bekommt das Essen nur püriert, weil sie einfach nicht mehr kaut, sondern alles runterwürgt. Du musst es ihr übrigens eingeben, sonst isst sie gar nichts."

Daraufhin verliess Theresa das Zimmer und Angela setzte sich neben Frau Kempner. Frau Miesmer, die wohl die behändeste Insassin war, mit der Angela im Heim bisher in Kontakt gekommen war, hatte sich inzwischen mit ihrem Tablett vor ihren Nachttisch gesetzt, drehte ihr und Luzia den Rücken zu und ass schweigend.

Angela band Frau Kempner einen Latz um, tauchte den Löffel in den grünen Brei, der offensichtlich Spinat war, und hielt ihn ihr vors Gesicht. Sie reagierte nicht und blickte Angela nur in die Augen.

„Das ist Spinat", sagte sie unsicher, aber der Mund öffnete sich nicht.

„Das sind Teigwaren", riet Angela und versuchte, fröhlich zu klingen, nachdem sie den Spinat wieder auf den Teller gekippt und den Löffel in den anderen Brei getaucht hatte, aber die Frau hielt ihren Mund zusammengekniffen.

„Sie müssen's ihr richtig reinschieben", tönte es mürrisch aus der Ecke, wo der Nachttisch stand.

Der Ratschlag von Frau Miesmer überraschte sie, aber sie probierte die empfohlene Technik gleich aus und berührte mit dem vollen Löffel sachte die bleichen Lippen. Und wirklich, sie öffneten sich und sie konnte den Brei hineingleiten lassen, ohne dass die Hälfte danebenging.

„Danke, Frau Miesmer", rief sie dem ihr zugedrehten Rücken zu und löffelte der Stummen vor sich problemlos alle vier verschiedenen Breie ein, wobei sie immer schön abwechselte, aber stets die gleiche Reihenfolge einhielt: gelb, braun, grün, orange.

Spät am Abend, als sie wieder völlig erschöpft in ihrem Bett lag, nachdem sie den Abwasch erledigt und die Kinder ins Bett gebracht hatte, während Benno sich vor dem Fernseher von seinem harten Tag erholte, dachte Angela über den vergangenen Arbeitstag nach. Aufs Putzen und Windelnwechseln beschränkte sich der Alltag im Heim gewiss nicht. Wie viele verschiedene Aufgaben sie aber dort erfüllen konnte, obwohl sie keine spezielle Ausbildung hatte! Sie spürte es deutlich, die Theresa, die mochte und schätzte sie. Sie machte es also gut im Heim, war ihr letzter Gedanke, bevor sie mit einem Lächeln auf den Lippen einschlief.

Nachts aber wachte sie schweissgebadet auf,

weil sie wieder einmal davon geträumt hatte, sie hielte ihr Erstgeborenes in ihren Armen, bis ihre Mutter ins Zimmer stürzte, ihr das Baby wegriss und ihr die zusammengekrümmte siebzigjährige Luzia in die Arme legte. Noch völlig entgeistert blickte Angela auf die Uhr und sah, dass es erst fünf Uhr morgens war. Einschlafen konnte sie nicht mehr, und so stand sie auf, wollte gewohnheitsmässig nach einer Tafel Schokolade unter ihrem Bett greifen, hielt aber plötzlich inne, weil sie merkte, dass sie seltsamerweise weder Hunger noch Lust auf Süsses hatte. Statt zu essen, setzte sie sich auf den Balkon und lauschte, wie das Quartier allmählich erwachte, während über den Dächern die Sonne aufging.

Kurz nach sechs begab sie sich ins Badezimmer und stellte sich mehr aus Unentschlossenheit denn aus Neugier auf die Waage. Gewöhnlich hasste sie diesen Moment über alles und eigentlich tat sie es nur noch ganz selten. Dass sie viel zu viele Kilos auf die Waage brachte, wusste sie, ohne die furchtbare Zahl mit ihren eigenen Augen zu sehen. Das letzte Mal war sie vor dem Besuch beim Frauenarzt draufgestiegen, weil sie lieber vorher wusste, wie schlimm es wieder war, bevor sie sich eine Moralpredigt anhörte. 122 Kilos waren es damals gewesen, aber der schreckliche Arzt hatte sie ja dann gar nicht gewogen.

Auch ihren Blutdruck hatte er nicht gemessen, wie das doch eigentlich üblich war, fiel ihr erst in diesem Moment auf. Sie stieg splitternackt auf die Waage, zog sogar noch die Armbanduhr aus, atmete einmal tief durch und blickte mit zusammengekniffenen Augen und gerunzelter Stirn auf die Digitalanzeige. Beinahe wäre sie von der Waage gekippt, als sie die Zahl sah. Es war einfach unmöglich. Sie stieg wieder von der Waage herunter und gleich wieder darauf. Das Gerät hatte offensichtlich einen Defekt. Sicher lag es an der Batterie. Angela eilte, nackt, wie sie war, in die Küche, holte eine frische Batterie und einen Schraubenzieher und stürzte damit zurück ins Badezimmer. Dort ersetzte sie die alte Batterie durch eine neue und stellte sich erneut auf die Waage. Die Anzeige blieb unverändert bei 120 Kilos. Angela aber konnte es einfach nicht glauben. Sie war *nicht* schwerer geworden und hatte offenbar zwei ganze Kilos verloren, ohne auch nur eine Diät gemacht oder überhaupt nur daran gedacht zu haben. Sie rechnete fieberhaft nach, rannte in die Küche und suchte das Datum, an welchem sie bei dem ekligen Arzt gewesen war. Knapp zwei Monate waren seither vergangen. Sie hatte doch im Schnitt tatsächlich ein Kilo pro Monat abgenommen, ohne sich dafür anzustrengen. Im Gegenteil, sie hatte, vor allem in den letzten Tagen, mittags jeweils mit grossem Appetit das Mittagessen in der Heimkantine genossen. Allerdings hatte sie abends manchmal vor lauter Müdigkeit nicht mehr essen mögen, und auch weil sie nun wegen ihrer Erschöpfung so tief schlief, weckte sie nicht einmal das laute Schnarchen Bennos, das sie früher oftmals richtig zur Verzweiflung und zum Griff nach Schokolade getrieben hatte.

Mit der Arbeit im Heim bewegte sie sich auch viel mehr als vorher, hatte keine Zeit für das dreifache Frühstück und zum Naschen mehr, brauchte nicht zu kochen und kam somit auch nicht in Versuchung, sich schon vor dem Essen den Bauch zu füllen und sich dann, eigentlich bereits satt, mit den andern an den Tisch zu setzen.

Angela schob die Waage wieder unter den Badezimmerschrank und frisierte sich vor dem kleinen runden Frisierspiegel. Dabei dachte sie, dass sie sich von ihrem ersten Lohn einen neuen Badezimmerspiegel kaufen würde, weil der ja schon seit Langem fehlte, denn Benno fand es eine Geldverschwendung, einen neuen zu kaufen, nachdem der alte vor zwei Jahren in die Brüche gegangen war, weil Lea und Dora ihn stundenlang als Zielscheibe für ihr improvisiertes Squash mit Pingpong-Bällen benutzt hatten. Für ihren

Bedarf reichte seiner Ansicht nach der kleine Handspiegel und für den seinen tat es derjenige im Schlafzimmer.

Um halb sieben klingelte die Babysitterin und Angela begab sich gut gelaunt zur Arbeit. Beinahe bereute sie, dass ihre Einführungswoche schon fast zu Ende war. Es blieb ihr ja nur noch dieser Donnerstag und der drauffolgende Freitag. Wie oft sie sie wohl nachher dann tatsächlich brauchen würden? Ein-, zweimal die Woche?

An diesem Tag verblüffte sie Theresas grosse Erfahrung im Umgang mit den alten Menschen erneut. Angela sollte nämlich Frau Kempners Gebiss putzen, nachdem sie ihr das Frühstück eingegeben hatte. Warum die alte Frau überhaupt künstliche Zähne hatte, leuchtete ihr zwar zuerst nicht ein, denn kauen tat sie wirklich überhaupt nicht, aber Theresa erklärte ihr, die Alte sehe eben doch netter aus ohne eingefallenen Mund, und ausserdem könne es ja sein, dass sie eines Tages doch wieder zu sprechen anfinge. Das Gebiss sei also schon nötig und müsse ihr auch regelmässig, zum Putzen und vor dem Schlafengehen, entfernt werden. Als Angela aber vor ihr stand und ihr Gebiss herausnehmen wollte, kniff Frau Kempner hartnäckig den

Mund zusammen. Angela fühlte sich hilflos angesichts der sturen Hartnäckigkeit der alten Frau und rief Theresa zu Hilfe. Diese fuhr ihr kurzerhand mit dem Zeigefinger der rechten Hand in den Mundwinkel und entfernte die Zähne in Sekundenschnelle und ohne dass ihrer Geste etwas Gewalttätiges anhaftete. Dann reichte sie das mit Speiseresten verklebte Objekt Angela, damit sie es im Lavabo mit Zahnpaste sauber bürsten konnte.

Auch am Freitag wurde Angela noch einmal Zeugin von Theresas Geschick und Einfühlsamkeit. Frau Broemel, eine Deutsche, die normalerweise mit der zerbrechlichen Frau Joss und der schwerhörigen Frau Widmer im gleichen Zimmer wohnte, war wieder im Heim eingetroffen, nachdem sie ausnahmsweise ein paar Tage bei ihrer Tochter verbracht hatte. Sie war wohl die Jüngste auf diesem Stockwerk und Angela hatte den Eindruck, diese wache, fröhliche Frau, die ständig Bücher las, sei fehl am Platze in diesem Heim.

„Sie hat MS", erklärte ihr Theresa, bevor sie mit Angela ins Zimmer ging, um ihr einen neuen Katheter einzusetzen.

„Du darfst zuschauen, wenn sie einverstanden ist, aber machen dürftest du das ohne entsprechende Ausbildung natürlich nicht."

Frau Broemel hatte absolut nichts dagegen, erzählte von ihrem Aufenthalt bei ihrer Tochter, von ihren niedlichen Enkeln, und fragte Angela, in welchem Ausbildungsjahr sie sei.

„Ich bin nur Aushilfe", antworte ihr Angela und staunte, wie geschickt und behutsam Theresa den neuen Katheter trotz ihrer fehlenden Finger einführte.

„Sie sind doch noch so jung. Sie müssen unbedingt eine Ausbildung machen!", riet ihr Frau Broemel, nachdem Theresa fertig war, und bat sie, ihr die wollenen Bettsocken anzuziehen, die mit Wasser gefüllten Wegwerfhandschuhe, die ihr als Schutz vor Druckstellen dienten, unter die Fersen zu legen und ihr die Brille und die Beige Bücher, die sich auf ihrem Nachttisch stapelten, hinüberzureichen.

Die Woche war um und Angela bedauerte es sehr, obwohl sie das Wochenende wirklich zum Ausruhen brauchte, weil sie fix und fertig war. Die Zwillinge aber nahmen sie voll in Beschlag, da sie ganz offensichtlich etwas nachzuholen hatten. Sie kuschelten sich bereits frühmorgens zu ihr ins Bett, was schon seit Langem nicht mehr vorgekommen war, weil sie, seit sie sich etwas von ihrem Fernsehtrauma erholt hatten, sonst wieder recht regelmässig gleich nach dem Aufstehen vor dem Flimmerkasten hockten und ihre

Trickfilme anguckten. Jetzt aber lag sie auf dem Bett, je einen Jungen rechts und links neben sich, und strich ihnen voller Zärtlichkeit übers Haar.

Benno schnarchte laut, aber sie hörte es nicht, weil sie ihrer inneren Stimme lauschte, die ihr zuraunte, wie schön dieser Moment mit ihren Kindern doch sei und wie stolz und glücklich sie sich mit einem Mal fühlen könne, weil sie innerhalb kürzester Zeit auch von anderen Menschen geschätzt wurde, von solchen nämlich, die mit dem Herzen schauten.

7

In den folgenden Wochen wurde Angela dann tatsächlich ein bis zwei Tage pro Woche auf Abruf ins Heim bestellt. Sie bekam ihren Einsatzplan jeweils eine Woche vorher, wobei sie auch kurzfristig einspringen musste, was ihr weniger leicht fiel, weil sie nicht immer sicher war, ob ihre Babysitterin Luzia wirklich kommen konnte. Die Kinder schienen sich aber gut an ihre gelegentliche Abwesenheit zu gewöhnen, der Umgang mit Lea und Dora wurde sogar einfacher, weil Angela sie etwas weniger oft sah, plötzlich viel gelassener mit ihnen umgehen konnte und sehr häufig guter Laune war. Sie bekam schliesslich auch ihren ersten Lohn, und wenn er auch nicht besonders hoch war, freute es Angela, endlich wieder einmal selbst Geld verdient zu haben, zumal mit einer Arbeit, die ihr Freude machte. Ihr Leben schien sich, dank ihrer eigenen Anstrengung und Veränderung, schrittweise zum Positiven zu wenden und sie blühte merklich auf. Nur ihre monatlichen Besuche auf dem Friedhof konnte sie nicht aufgeben.

So kam es, dass Angela drei Monate nach ihrem letzten Treffen wieder einmal auf den bekannten Fremden stiess. Es war bereits ihr zweiter ritueller Spaziergang in diesen Tagen und sie hatte sich für einmal sogar im Heim abgemeldet. Theresa war zwar etwas verwundert gewesen, als Angela ihr am Telefon erklärte, sie hätte wahnsinnige Bauchschmerzen und sei kaum fähig, einen Schritt aus dem Haus zu machen, aber schliesslich wünschte sie ihr gute Besserung und meinte, sie werde schon einen anderen Ersatz finden.

Diesmal kam der Mann zögernd näher. Zwei Meter von ihr entfernt blieb er stehen, blickte auf den rötlich glänzenden Marmorgrabstein, über den gerade eine grau gesprenkelte Eidechse huschte, und schwieg. Sie warf ihm einen verstörten Blick zu und er sagte leise, fast entschuldigend:

„War er Ihr Vater?"

„Mein Vater?" Sie klang überrascht, antwortete aber sehr rasch:

„Ja, ja, er war", ihre Stimme schien heiser, „mein Vater."

Der Mann hatte das seltsame Gefühl, ihr einen Strohhalm angeboten zu haben, wonach sie dankbar griff.

„Hingen Sie sehr an ihm?" Er wusste gar nicht, warum er ihr diese Frage stellte. Es ging ihn doch nichts an.

„Ja", antwortete sie nur.

„Sandmann, Wolf. Kein alltäglicher Name."

„Ich trage meinen Mädchennamen nicht mehr", antwortete sie geistesgegenwärtig.

„Ich verstehe."

„Teubel heiss ich jetzt, Angela Teubel", sagte Angela unerwartet forsch und streckte ihm die Hand entgegen. Er drückte sie und sagte etwas linkisch:

„Manuel Velber. Freut mich, Sie kennenzulernen. Das heisst, eigentlich kennen wir einander bereits, nicht wahr?"

„Ja, da haben Sie wohl recht. Sozusagen als Stammgäste auf dem Friedhof", versuchte Angela ihre Verlegenheit zu kaschieren, denn sie wusste immer noch nicht, woher sie ihn kannte, und versuchte gerade, die paar wenigen Angehörigen der Heiminsassen, die sie in den vergangenen Wochen im Pflegeheim getroffen hatte, vor ihrem geistigen Auge vorbeiziehen zu lassen, aber den Unbekannten fand sie nicht.

„Nein, das mein ich nicht. Ich traf Sie mal beruflich, Sie hatten zwei Kinder dabei und …"

„Wie bitte?", unterbrach ihn Angela erstaunt.

„Sicher, so war's. Jetzt weiss ich es wieder ganz genau. Ihr Fernseher war explodiert."

„Aber ja", entfuhr es Angela in diesem Moment erleichtert.

„Jetzt weiss ich's auch wieder. Sie sind der Feuerwehrmann. Sie müssen entschuldigen, ich wusste, dass ich Sie von irgendwoher kannte, aber es gelang mir einfach nicht, mich daran zu erinnern, und das finde ich immer sehr verwirrend, wenn man jemanden kennt, aber nicht mehr weiss woher."

Sie schwiegen beide einen Moment lang, bis Angela schliesslich fragte:

„Und Sie?"

„Ich?"

„Ja, ich mein, warum ... also wer liegt denn hier?"

„Hier?"

„Im Grab, das Sie immer besuchen."

„Meine ...", fing er an und Angela sah, wie gespannt er plötzlich wirkte.

„Tochter", würgte er schliesslich heraus.

Angela war betroffen. Der Feuerwehrmann tat ihr leid.

„Sie hat...te ..." Er stotterte hilflos.

„Eine schlimme Krankheit?", fragte Angela behutsam, weil sie ihm helfen wollte.

„Ja, eine sehr schlimme. Sie wurde immer dünner, verlor ihre Haare ..."

„Krebs?", riet Angela rasch, weil sie sich und ihm weitere Details ersparen wollte. Sie befürchtete nämlich, dieser Manuel Velber würde ihr die verschiedenen Phasen in seiner Betroffenheit in jeder Einzelheit schildern und das hätte sie, weil sie selber bereits aufgewühlt war, in diesem Moment schlecht ertragen können. Er schaute sie erstaunt an und wirkte plötzlich erleichtert.

„Ja, genau das! Krebs. Sie haben's erraten."

Jetzt war Angela beinahe bestürzt über den fast triumphierenden Ton in seiner Stimme. Sie blickte weg und wusste eine kleine Weile nicht mehr, was sie sagen sollte. Dieser Manuel Velber kam ihr plötzlich sehr seltsam vor, er schien so wenig mit dem freundlichen Feuerwehrmann gemeinsam zu haben, der am Tag, wo der Fernseher explodiert war, so viel Zuversicht, Sicherheit und Professionalität ausgestrahlt, Emanuel das Blut von den Füssen gewischt und beiden Zwillingen einen Schokoladenriegel in die Hand gedrückt hatte.

Manuel Velber hingegen fühlte sich in jenem Augenblick plötzlich, als hätte diese junge rundliche Frau ihm mit diesem einzigen Wort ein schweres Gewicht von seinen Schultern gehoben. Krebs! Also hatte sie von diesem Tag an einfach Krebs gehabt, seine Tochter. Sonderbar, dass er nicht selber darauf gekommen war. Jetzt würde er endlich mit jemandem über die Krankheit seiner Tochter sprechen können. Gleich sofort wollte er das.

„Darf ich Sie zu einem Kaffee einladen?"

Angela war ganz verdattert. Das war das

Letzte, was sie erwartet hatte, aber sie nickte und gemeinsam wanderten sie über die schmalen weissen Kieselwege aus dem Friedhof hinaus und setzten sich ein paar Hundert Meter weiter entfernt in die Angela vertraute Bäckerei, die neben leckeren Kuchen im Tea-Room gleich daneben auch noch Kaffee und Tee servierte.

Angela war zwar etwas mulmig zumute, denn seit sie ihre Stelle aufgegeben hatte, war sie nie mehr in die Bäckerei zurückgekehrt, und wenn es ihr ausnahmsweise an einem Sonn- oder Feiertag an Brot mangelte, wenn das billige nicht im Supermarkt gekauft werden konnte, schickte sie immer Lea oder Dora hin, um ihr welches zu besorgen. Wenn ihr nun die frühere Chefin selbst per Zufall den Kaffee servierte?

„Möchten Sie ein Stück Kuchen dazu?", fragte Herr Velber sie und sie konnte beim besten Willen keinen ironischen Unterton aus seiner Frage heraushören. Trotzdem zögerte sie und betrachtete die geringe Anzahl Gäste, die um diese Zeit im kleinen Raum sassen. Wie viele abschätzige Blicke sie wohl aushalten müsste, wenn sie sein Angebot akzeptierte? Schon seit Jahren hatte sie keinen Kuchen mehr in der Öffentlichkeit gegessen, denn mehr als einmal waren beleidigend abwertende Kommentare an ihr Ohr gedrungen. Auch heute hallten diese Nettigkeiten noch in ihren Ohren: Wie kann man nur so verfressen sein ... die sollte sich mal im Spiegel angucken ... Mann, wenn ich mit der ins Bett müsste ...

„Nein danke, ich habe keinen Hunger", gab sie ihm schliesslich zur Antwort und bedauerte dieses Nein gleich, als sie sah, wie heftig er die Lippen zusammenpresste und wie finster er plötzlich dreinschaute.

„Aber einen Kaffee trink ich sehr gern", versuchte sie, ihre Ablehnung wettzumachen, und setzte sich an einen der runden Tische. Herr Velber liess sich ihr gegenüber nieder, wirkte wieder etwas entspannter und gab gleich die Bestellung auf, als eine junge Frau lächelnd an ihrem Tisch erschien. Angela war erleichtert. Diese Angestellte kannte sie nicht, also hatte sie nichts zu befürchten.

„Nennen Sie mich Manuel", sagte Herr Velber, der die Stille, die auf die Bestellung des Kaffees folgte, offensichtlich unterbrechen wollte.

„Angela", sagte Angela und lächelte unsicher.

„Die Bäckerei ist gut gelegen", bemerkte Manuel etwas unbeholfen.

„Ja, stimmt", erwiderte sie.

„So nah beim Pflegeheim und beim Friedhof", ergänzte Manuel.

„Vor allem wegen des Pflegeheims", bestätigte Angela, und in diesem Moment erstarrte sie, weil

Theresa im Tea-Room erschien, sich suchend umschaute und mit erstauntem Blick geradewegs auf die beiden zusteuerte.

„Oh Gott", sagte Manuel leise und mit vorgehaltener Hand.

„Hallo Theresa", rief Angela und wäre am liebsten im Boden versunken vor Scham, fügte aber schnell bei:

„Manuel, das ist Theresa, meine Vorgesetzte, Theresa, das ist Manuel … ähm … Feuerwehrmann."

Angela fühlte sich ziemlich lächerlich. Sie war nicht geübt darin, Leute einander vorzustellen.

„Freut mich", sagte Manuel mehr mechanisch als höflich und streckte ihr die Hand entgegen.

„Mich auch", lächelte Theresa, reichte ihm ihre verstümmelte Rechte und wandte sich an Angela:

„Aber was machst du denn hier? Ich dachte, du seiest krank."

Angela fühlte, wie ihr das Blut zu Kopfe stieg.

„Es geht mir schon wieder besser", behauptete sie.

„Ja dann komm gleich zur Arbeit. Wir sind voll im Stress! Stell dir vor, die Frau De Santo ist vor etwa einer Stunde verschwunden und wir suchen sie alle wie die Verrückten. Deshalb bin ich auch hierher gekommen! Du weisst doch, was für ein Schleckmaul sie ist." Obwohl sie sehr beunruhigt klang, schwang in ihrer Stimme wie immer mehr Zärtlichkeit als Tadel mit, als sie von der kleinen Italienerin sprach.

Angela war hin- und hergerissen zwischen dem Pflichtgefühl Theresa gegenüber, der Sorge um die liebe Frau De Santo und der Versuchung, mit diesem seltsamen Manuel einen Kaffee zu trinken.

„Kann ich nicht etwas später kommen?", sagte sie deshalb zögernd zu Theresa, die immer noch neben ihrem Tisch stand.

„Das ist ein Notfall! Denk an die arme Frau De Santo. Du magst sie doch, dass weiss ich", antwortete sie mit Bestimmtheit und fügte leise bei:

„Wir alle mögen sie doch, dieses verrunzelte Unschuldskind."

Da stand Angela auf, entschuldigte sich bei Manuel, drückte ihm zum Abschied die Hand und liess ihn alleine sitzen, als die Serviertochter gerade den Kaffee brachte.

Manuel aber blickte den beiden nach, wie sie das Tea-Room eilig verliessen. Die mehr als vollschlanke Angela und die hinkende Theresa, ein sehr ungleiches Paar. Er seufzte und dachte wieder an Natascha. Seine Natascha. Wie hübsch sie gewesen war, wie fröhlich, wie … er schüttelte den Kopf, als könne er damit seine Gedanken loswerden.

Er trank das heisse Gebräu so schnell wie möglich, stand auf, liess das Geld für die leere und die noch volle Tasse Kaffee liegen und verliess das Tea-Room durch den Ausgang der Bäckerei.

Angela lief mit Theresa zusammen in Richtung Pflegeheim, aber zum ersten Mal fühlte sie sich unwohl in ihrer Gegenwart. Schliesslich fragte sie unbeholfen, einfach weil sie die lähmende Stille nicht ertrug und Theresas möglicher Frage, warum sie sie so dreist angelogen hatte, zuvorkommen wollte:

„Hast du eigentlich auch Familie?"

Direkt nach einem Ehemann zu fragen, wagte sie nicht.

Theresa antwortete nicht, sondern zog zu Angelas Überraschung eine Schachtel Zigaretten aus ihrer Jackentasche, zündete sich eine Zigarette an und sagte endlich:

„Meine Eltern leben nicht mehr, aber ich habe noch eine ältere Schwester. Die lebt in Amerika. War es das, was du wissen wolltest?"

„Ja, natürlich. Das auch." Angela bereute bereits, dass sie gerade dieses Thema angeschnitten hatte.

„Ich bin nicht verheiratet und Kinder hätte ich nie bekommen können."

„Ich verstehe", sagte Angela mitfühlend.

„Vielleicht kannst du das wirklich. Ich denk, du bist nicht wie die andern", erwiderte Theresa, deren Stimme eine Spur tiefer klang als sonst, „aber nun komm, wir müssen uns beeilen, damit wir Frau De Santo noch vor dem Gewitter wiederfinden."

Angela blickte zum Himmel hinauf und bemerkte erst jetzt, wie dunkel es geworden war, obwohl erst Vormittag war. Sie erreichten das Pflegeheim, stürzten sich in ihre Arbeitskleidung und suchten das ganze Heim Stockwerk um Stockwerk ab. Auch die Grünanlagen ums Haus herum durchsuchten sie, aber schon nach kurzer Zeit beschloss Theresa, die Polizei über die Vermisste zu verständigen, damit sie ihre Suche auf die ganze Stadt ausdehnte, denn inzwischen war auch das Gewitter ausgebrochen und schwerer Regen stürzte sintflutartig und eiskalt vom Himmel.

„Seit zwei Stunden ist sie verschwunden", erklärte sie dem Beamten am Telefon und beschrieb ihm, wie die kleine demente Italienerin aussah, aber er hörte ihr offenbar nur mit halbem Ohr zu.

„Wie alt sie ist? Achtzig!", beantwortete Theresa seine Frage, worauf ihr der Beamte gelangweilt versicherte, sie würden ihr Möglichstes tun und am Nachmittag mal einen

Streifenwagen durchs Seequartier fahren lassen.

Angela, die während des kurzen Telefongesprächs neben ihr im Stationsbüro gestanden hatte, sah zum ersten Mal, dass auch Theresa ihre Ruhe nicht immer bewahren konnte. Sie knallte das Telefon voller Unmut und mit grimmigem Gesicht auf den Tisch.

„Hätte ich ihm gesagt, meine kleine achtjährige Tochter sei verschwunden, hätte er das ganze Polizeikorps, die Armee und die halbe Stadt zusammengetrommelt, um die Gegend nach der Vermissten durchzukämmen."

In Angelas Ohren klang es etwas sonderbar, Theresa von „ihrer kleinen achtjährigen Tochter" sprechen zu hören, obwohl sie natürlich wusste, dass das nur ein anschaulicher Vergleich war. Weil sie aber trotzdem irgendetwas darauf erwidern wollte, fragte sie schliesslich:

„Hat die Frau De Santo eigentlich keine Angehörigen?"

„Aber natürlich hat sie welche. Sie ist doch Mutter von sechs Kindern und hat, glaub ich, sogar Enkel, aber von ihren Kindern sind zwei bereits gestorben, zwei leben in Sizilien und zwei wohnen nicht weit von hier, aber die kommen nicht mehr zu Besuch, seitdem sie sie nicht mehr erkennt."

Theresa machte eine kleine Pause, aber dann fuhr sie fort: „Und weisst du, in ihrer Bewohnerakte steht, dass sie ihren Mann, der aus Spanien stammte und dort seine eigene Familie hatte, früh verloren und die Kinder ganz allein durchgebracht hat, als Arbeiterin in einer Teigwarenfabrik."

Bis zum späten Nachmittag aber blieb Frau De Santo verschwunden. Schliesslich übertrug Theresa Gaby, die ihre offizielle Stellvertreterin war, die Verantwortung für den zweiten Stock Ost, bat Angela, ausnahmsweise bis neun Uhr abends zu arbeiten, und machte sich bei immer noch strömendem Regen und als es bereits langsam dunkel wurde noch einmal alleine auf, um die nahe Umgebung abzusuchen, weil sie einfach überzeugt war, dass die kleine Italienerin nicht kilometerweit marschiert sein konnte.

Sie lief sämtliche Spazierwege ab, die es ums Pflegeheim herum gab, fragte beim Bauern nach, dessen Felder sich ums Heim, die Bäckerei und den Friedhof herum erstreckten, marschierte raschen Schrittes zum See hinunter, bis der Schmerz in ihren Hüften bohrte und sie noch viel ärger hinken musste als gewöhnlich. Nirgends aber war eine Spur von Frau De Santo. Nun beschloss Theresa, noch viel weiter zu gehen, bis zum Wald hinauf, obwohl sie keine Taschenlampe dabei hatte, und da erblickte sie, mit einem Stossseufzer der Erleichterung, endlich ihre Frau De Santo. Sie sass mit dem Rücken an eine riesige, von Brennnesseln umwachsene Holzbeige gelehnt, war völlig durchnässt, knetete immer noch an ihrer Schürze, wie es ihre Gewohnheit war, nur strahlten ihre Augen nicht mehr, sondern waren gerötet, weil sie wohl schon seit langer Zeit weinte. Theresa wusste nicht, ob sie sie erkannte, einen Moment lang wollte sie es glauben, weil sie sich vertrauensvoll bei der Hand nehmen liess, half ihr beim Aufstehen, umfing ihre Schultern und führte die zitternde Kleine im Schneckentempo ins Heim zurück. Angela war die Erste, die die beiden tropfnassen Gestalten ankommen sah, und sie wusste sofort, dass es nicht Regentropfen waren, die sich Theresa mit dem Handrücken aus dem Gesicht wischte.

Nach diesem Ausflug erkrankte Frau De Santo schwer. Sie bekam hohes Fieber, das Vorzeichen einer gefährlichen Lungenentzündung, und verstarb nach wenigen Tagen, ohne auch nur noch ein einziges Mal schelmisch gelacht zu haben, wie es vorher ihre Art gewesen war.

Am bescheidenen Abschiedsgottesdienst, der in der kleinen Kapelle im Heim stattfand, nahmen nicht nur Theresa, Gaby und Angela teil, sondern auch Frau Joss, Frau Widmer und Frau Broemel, die alle auf ihren Rollstühlen in den kleinen Raum gebracht worden waren. Ein Foto zeigte Frau De Santo mit ihrem fast zahnlosen Lachen und der getigerten Heimkatze auf dem Schoss. Es war Theresa, die es vor einigen Jahren aufgenommen und dem Pfarrer für die kleine Zeremonie zur Verfügung gestellt hatte, der über den Lebenslauf der Verstorbenen sprach, aber auch ihre Krankheit erwähnte, die leider in den letzten fünf Jahren immer schlimmer geworden war. Angehörige waren keine da. Sie hatten die Urne zuvor zur Beisetzung in ihrem Heimatdorf nach Sizilien gebracht.

Nach der Rede des Geistlichen war es einen Moment lang ganz still im Raum, bis plötzlich das Hörgerät von Frau Widmer laut zu piepsen anfing und die Schwerhörige absolut nicht verstehen konnte, warum Gaby versuchte, ihr das kleine Gerät vom Ohr zu nehmen, um es abzustellen.

„Was ist denn?", rief sie überlaut. „Lassen Sie mir mein Hörgerät, ich versteh' doch sonst nichts." Ihre Stimme klang bereits verzweifelt und gleich darauf brach sie auch schon in Tränen aus. Da steckte ihr Gaby das Hörgerät seufzend wieder ans Ohr, der Pfarrer hob zu einem Lied an und die kleine Gemeinschaft versuchte, mitzusingen und sich nicht durch das schrille Piepsen und das trompetende Schnäuzen der Frau Widmer aus dem Takt bringen zu lassen.

8

Das Zimmer von Frau De Santo wurde wenige Tage nach ihrem Tod mit einem neuen Heimbewohner belegt, wobei Frau Miesmer sich beklagte, sie werde in diesem elenden Haus ständig vernachlässigt und man solle ihr dieses Einzelzimmer geben oder Luzia dorthin verlegen. Theresa ging aber nicht auf ihre Klagen ein, denn solche Extrawünsche und Verschiebungen von West nach Ost konnte sie nicht berücksichtigen, und ausserdem war Frau Miesmer eine Bewohnerin, die eigentlich nur provisorisch und für kurze Zeit aufgenommen worden war, weil sie normalerweise bei ihrer Tochter und deren Familie wohnte und nur ins Heim gekommen war, weil diese einen schweren Autounfall gehabt hatte und nun selber mehrere Monate hilflos im Spital liegen musste.

Der Neue war über neunzig Jahre alt, hatte ausser seinem Namen Lindt nichts Süsses oder Lindes an sich, war gesundheitlich recht angeschlagen, aber mit einem eisernen Willen und einer grossen Begabung, andere zu terrorisieren, ausgestattet. Er wollte alles selber machen, obwohl er es nicht mehr schaffte, weigerte sich, Windeln oder einen Katheter anlegen zu lassen, denn ein kleines Kind sei er nicht, geschweige denn ein behinderter Bettnässer, und kritisierte das Personal von morgens bis abends, während er an seinen Rollator geklammert zeternd durch den Flur schlurfte und Gaby, Angela, Sophie oder Helga zwanzigmal am Tag herbeiklingelte, weil er auf die Toilette musste. Besuch von Angehörigen bekam er nie oder dann nur, wenn sie sich bei Theresa im Büro lautstark beklagten, die Pflegekosten seien horrend und das sei eine regelrechte Abzockerei.

Angela sah sehr wohl, dass es Theresa unheimlich viel Geduld kostete, angesichts solcher Vorwürfe vonseiten der Familie ruhig zu bleiben, und überhaupt wirkte sie sehr mitgenommen seit dem Tod von Frau De Santo. Sie beschloss deshalb eines Tages, sie während Bennos Abwesenheit einmal zu sich nach Hause zum Kaffee einzuladen, obwohl sie sonst, auch wenn er zu Hause war, nie Fremde in ihre Wohnung liess. Mit Benno wurde das Zusammenleben sowieso mit jedem Tag schlimmer, da er je länger, umso unzufriedener mit ihrer Arbeit war, weil sie seit dem Abend, an dem Theresa Frau De Santo gesucht hatte, auch sonst mehrmals hatte Abendschicht machen müssen. Das war von Anfang an eine Bedingung in ihrem Vertrag gewesen und sie konnte das nicht ändern, ausserdem sparte sie damit auch die Kosten für die Babysitterin morgens, aber das sah Benno nicht ein. Er sah nur, dass er sich und seinen Kindern am Abend selber das von Angela am Morgen vorgekochte Essen aufwärmen und auf den Tisch stellen musste, dass seine Töchter mit ihren kniffligen Matheaufgaben zu ihm kamen und die Zwillinge immer genau dann stritten, wenn er seinen sauer verdienten Feierabend geniessen wollte.

An einem Mittwochnachmittag, als Samuel und Emanuel zu Hause und die zwei grösseren Mädchen bei ihren Freundinnen waren, kam Theresa dann zu Besuch. Es war schwierig gewesen, einen Tag zu finden, wo beide freihatten, und Angela hätte lieber einen Moment mit ihr allein gehabt, ohne das Geschrei der Kinder, aber Theresa schien sich ausgesprochen über die Anwesenheit ihrer quirligen Zwillinge zu freuen, obwohl sie sie sehr neugierig anstarrten und Samuel mit der unverfrorenen Direktheit des Fünfjährigen fragte:

„Warum hast du nur drei richtige Finger?"

„Weil mich der liebe Gott so gemacht hat."

„Warum?"

„Das hat er mir nie gesagt."

Da lachte Samuel ein bisschen verlegen und Theresa fragte ihn:

„Und warum hat dein Mami einen schrägen Zahn?"

„Ich weiss nicht", antwortete der Kleine und ging flink auf das Spiel ein, „sie hat es mir nie gesagt."

„Ich glitt in der Badewanne aus, als ich sechzehn war", antwortete Angela da schnell, und Theresa sagte:

„Ich glaube, Zähne kann man leichter ersetzen als Finger."

Diesen indirekten Rat hatte Angela nicht erwartet, aber sie war froh, dass Theresa nicht weiter nach dem Hergang des Unfalls fragte.

„Leisten kann ich mir das nicht … mit dem Lohn vom Heim."

„Genau das wollte ich dir schon lange raten. Du solltest eine berufsbegleitende Ausbildung machen. Du hast das Zeug dazu und ausserdem verdienst du dann viel besser."

Angela war völlig verblüfft über Theresas Worte. Daran hatte sie in ihrem Leben nie gedacht. Aber war Theresa nicht bereits die zweite Person, die sie innerhalb kurzer Zeit dazu ermunterte? Plötzlich hörte sie wieder Frau Broemels Stimme, sie sei doch noch so jung, sie müsse unbedingt eine Ausbildung machen. Angela seufzte. Die abgebrochene Schulzeit war schon sehr lange her und sie konnte sich nicht vorstellen, wieder richtig zu lernen, hinter Büchern zu sitzen und Prüfungen zu machen. Ausserdem wäre Benno nie damit einverstanden, da war sie sich von Anfang an ganz sicher.

„Na überleg's dir", sagte Theresa schliesslich, „ich würde jedenfalls ein gutes Wort bei der Heimleitung für dich einlegen."

„Danke, das ist lieb von dir."

„Ach übrigens", Theresa zog einen Umschlag aus ihrer Handtasche, „das hier kam gestern für dich."

Angela war sehr erstaunt über den Brief, auf dem nur ihr Name stand.

„Dein Feuerwehrmann von der Bäckerei hat ihn gebracht."

„Mein … was?" Angela war so verdattert, dass sie Theresas leichtes Schmunzeln nicht bemerkte.

„Der Mann, den du mir im Tea-Room vorgestellt hast."

„Ach, dieser … wie hiess er noch … Manuel."

Der Name war ihr beinahe entfallen und so viel war geschehen seit dem Tag, als er sie zum Kuchen eingeladen hatte. Das Verschwinden von Frau De Santo, ihr plötzlicher Tod, die Abschiedszeremonie, der Wechsel im Heim, der ständige Streit mit Benno, jedes Mal, wenn sie

Abendschicht hatte … Sie hatte tatsächlich keine Zeit mehr gehabt, auf den Friedhof zu gehen, hatte ihr seltsames Ritual sogar schon seit zwei Monaten nicht mehr eingehalten und diesen bizarren Feuerwehrmann vergessen. So legte sie es sich in jenem Moment zurecht, denn im Grunde hatte sie, das musste sie sich später, als sie im Bett lag und wieder darüber nachdachte, eingestehen, den Friedhof gemieden, weil sie eine unerklärliche Angst hatte, dem bekannten Fremden wieder zu begegnen.

„Er ist nicht *mein* Feuerwehrmann."

„Es geht mich ja nichts an", meinte Theresa trockener als gewollt.

„Nein, wirklich", versuchte Angela, ihre Verschlossenheit zu erklären, „ich kenne ihn kaum. Wir sind uns nur zufällig auf dem Friedhof begegnet."

„Auf dem Friedhof? Du sagtest mir doch an dem Morgen am Telefon, du könntest keinen Schritt aus dem Haus machen vor Schmerz?" Theresas Stimme klang ungläubig.

„Ja, das stimmt auch … ", Angelas Stimme brach ab.

„Hör mal, du brauchst mir ja nicht zu erklären, warum du dich mit einem Mann auf dem Friedhof triffst. Ich will mich nicht in deine Privatangelegenheiten mischen."

„Das Treffen war reiner Zufall."

Angela hatte eigentlich keine Lust, Theresa anzulügen.

„Ist denn jemand gestorben in deiner Familie?"

„Ja, meine, also ich meine … mein Vater."

„Das tut mir aber leid. Entschuldige."

„Es ist … schon ziemlich lange her."

„Trotzdem. Dein Vater bleibt dein Vater."

Daraufhin schwieg Angela. Das Gespräch hatte eine Wende genommen, die sie nicht beabsichtigt hatte.

„Du musst ihn sehr geliebt haben, wenn du sogar an einem Tag, wo du dich so schlecht fühlst, noch auf den Friedhof gehst."

Theresas Stimme schien frei von Ironie, aber Angela war sehr unwohl, als sie diese Folgerung hörte. Sie nahm den Brief wortlos, legte ihn in die Küchenschublade, holte den Kuchen aus dem Kühlschrank und schaffte es, das Gespräch auf ein anderes Thema zu lenken. Sie fragte Theresa nach ihrer eigenen Ausbildung, in welchen Pflegeheimen sie schon gearbeitet hatte und wie sie Stationsleiterin geworden war. Theresa gab bereitwillig Auskunft, und als sie später mit den Zwillingen einen Spaziergang durchs Quartier und bis zum Kinderspielplatz machten, entging es Angela, weil sie völlig ins

Gespräch vertieft war, dass für einmal nicht sie, die Füllige, sondern Theresa ständig unverhohlen angestarrt wurde.

An den Brief dachte sie erst wieder, als sie am Abend im Bett lag. Die Kinder schliefen bereits und Benno lag auf dem neuen Kanapee, das sie sich nebst dem neuen Badezimmerspiegel von ihrem Geld inzwischen angeschafft hatten, hatte drei leere Bierflaschen vor sich und schaute sich einen Film auf dem nur für Erwachsene zugelassenen Sender an. Angela aber sprang aus dem Bett, lief in die Küche, tat so, als höre sie das Gestöhne aus dem Film nicht und wolle nur ein Stück vom Kuchen, der noch übrig war, holen, verbarg den schlichten Umschlag in ihrem Büstenhalter, den sie wegen ihrer schweren Brüste auch nachts unter ihrem Nachthemd trug, kroch zurück ins Bett und stellte den Teller mit dem Kuchen darunter. Benno würde bestimmt noch lange fernsehen, dachte sie, aber noch bevor sie den Umschlag hervorziehen konnte, stand er mit der Tube Gleitmittel im Schlafzimmer, riss das schwarze Tuch vom Spiegel und schaute verblüfft auf den leeren Rahmen.

„Du willst mich wohl um meinen Spass bringen, was?"

„Der ging schon vor Monaten beim Staubsaugen kaputt."

„Das soll ich dir glauben?", sagte er und Angela bekam plötzlich Angst vor seiner drohenden Stimme und seiner Bierfahne.

„Benno, ich will heute nicht."

Er aber liess die Tube fallen, stürzte sich auf sie, riss ihr Nachthemd hoch und holte sich sein Vergnügen, ohne auf ihre Schmerzschreie zu hören.

Erst viel später, als Benno längst schnarchte, stand Angela wie eine Schlafwandlerin auf, wusch sich im Badezimmer das Blut von den Beinen, ergriff die flache, aber solide Waage mit der Digitalanzeige, lief mit ihr ins Schlafzimmer zurück, näherte sich dem breiten Bett, holte tief Atem und erhob sie mit angespanntem Gesicht und leicht schwankendem Oberkörper über Bennos Kopf. Da flatterte der zerknitterte Umschlag aus ihrem Nachthemd und sie liess die Waage wieder sinken, während ihr die Tränen über die Wangen liefen. Sie ging zitternd zurück ins Badezimmer, schloss sich ein, stellte die Waage wieder unter den Badezimmerschrank, setzte sich auf die Kloschüssel und öffnete den Brief. Er enthielt nur wenige handgeschriebene Zeilen:

Liebe Angela, ich möchte Sie gerne wiedersehen.
Ich werde am 16. Februar um 10 Uhr vor dem Friedhof auf Sie warten. Manuel

Angela las den kurzen Brief mehrmals, versteckte ihn darauf in der grossen Trommel mit Waschpulver, die Benno während ihrer ganzen Ehe noch nie angerührt hatte, holte die Waage wieder unter dem Schrank hervor, ging damit durch die Stube, öffnete die Balkontür, blickte im fahlen Licht des Vollmonds eine Zeit lang zu den anderen Blöcken hinüber, wo die unzähligen weissen Satellitenschüsseln von den trostlosen Fassaden abstanden wie die umgestülpten Schirme giftiger Pilze an einem sterbenden Baum. Dann vergewisserte sie sich, dass nirgends Licht war, hob die Waage in die Höhe und warf sie mit aller Kraft in die Tiefe. Wenige Sekunden später knallte sie mit lautem Getöse unten auf den Asphalt und Angela konnte auch aus dem zehnten Stock und trotz der Dunkelheit noch erkennen, dass sie in mehrere Stücke zerbrochen war. Weil sie aber nicht sehen wollte, wie die Lichter in den unteren Etagen angingen, kehrte sie gleich darauf in die Stube zurück, holte schnell ihre Decke aus dem Zimmer, wo Benno immer noch laut schnarchte, legte sich aufs Kanapee damit und schlief, noch leicht zitternd, in wenigen Minuten erschöpft ein.

Während der gleichen Nacht wälzte sich Manuel im Bett hin und her, bis auch er schliesslich den Schlaf erst fand, als es bereits dämmerte. Da sah er sie, wie sie lächelnd auf ihn zukam. Er wollte sie in die Arme schliessen, ihre warme, sanfte Haut spüren, ihren zarten Duft … aber im Moment, wo er seine rechte Hand erhob, um über ihr Haar zu streichen, sagte sie gnadenlos: „Ich habe keinen Hunger", schob das Kuchenstück weg, das er ihr mit der Linken entgegenhielt, setzte sich vor die Kloschüssel, die plötzlich im gleichen Raume stand, und umfing sie wie einen Rettungsring mit ihren spindeldürren Gliedern, über die sich ein kläglicher Rest trockener Haut spannte, unter dem der Knochen weiss durchschimmerte.

Am übernächsten Tag, als Angelas Einsatz im Heim vorgesehen war, fragte sie Theresa gleich morgens um sieben, an welche Ausbildung sie denn für sie gedacht hätte. Theresa war erfreut, aber auch erstaunt, wie schnell Angela ihren Entschluss offenbar gefasst hatte. Ob wohl der Brief von diesem Feuerwehrmann etwas damit zu tun hatte?

„An die Pflegeassistentin, fürs Erste natürlich. Diese Ausbildung dauert nur ein Jahr und du bekommst einen SRK-Berufsausweis", erklärte sie und fügte bei: „Wenn du willst, frage ich die Heimleiterin gleich heute Nachmittag.

Ich muss sowieso noch etwas mit ihr besprechen."

„Ja bitte, tu das", sagte Angela mit fester Stimme. In der Morgenpause wandte sie sich dann für einmal an die eher verschlossene Helga und fragte sie, weil sie wusste, dass sie geschieden war, wie man eine Scheidung in Angriff nahm. Helga fühlte sich zwar etwas überrumpelt mit dieser Frage aus heiterem Himmel, gab ihr aber bereitwillig Antwort und erklärte ihr auch, dass sie selbst, weil sie zu Beginn ihrer Trennung von ihrem Mann, der Alkoholiker und unberechenbar war, nicht wusste, wohin sie gehen sollte, für einige Zeit Zuflucht im städtischen Frauenhaus gefunden hatte. Sie schrieb ihr die Adresse auf einen Zettel und Angela steckte ihn sorgfältig in ihren Büstenhalter.

Mit Benno aber sprach sie seit jener Nacht nur noch das Allernötigste, obwohl er tat, als sei alles beim Alten. Er versuchte zum Glück nicht mehr, sie zum Verkehr zu zwingen, aber das konnte, davon war Angela nun überzeugt, nur eine Frage der Zeit sein. Mit seiner Gewalttätigkeit hatte er ihr endgültig sein wahres Gesicht gezeigt, das sie in all den Jahren nie hatte sehen wollen, obwohl die ständigen Demütigungen, mit denen er sie vom Beginn ihrer Ehe an traktiert hatte, im

Grunde fast genauso schlimm wie der erzwun-
gene Sex gewesen waren. Sie war nun entschlos-
sen, sich das nicht länger gefallen zu lassen.

9

Eine Woche später, am Morgen des 16. Februar, dem Tag, an dem Angela Manuel auf dem Friedhof treffen sollte, konnte sie beim besten Willen keinen Bissen runterkriegen. Sie hatte ein mulmiges, ungutes Gefühl und fragte sich, ob es nicht besser wäre, diesen seltsamen Manuel vor der grauen Friedhofsmauer stehen zu lassen. Wer weiss, wie lange er warten würde? Eine Viertelstunde? Eine halbe Stunde? Eine ganze Stunde? Das bestimmt nicht, sagte sie sich. Es hatte überhaupt noch nie ein Erwachsener auf sie gewartet, ohne etwas von ihr zu wollen, einfach weil er Lust hatte, sie zu sehen. Aber – dieser Manuel wollte doch offenbar etwas von ihr, sonst würde er ihr bestimmt nicht extra einen Brief schreiben. Angela sinnierte intensiv darüber nach, während sie das Frühstücksgeschirr wegräumte und in der Küche die Krumen am Boden zusammenwischte. Schliesslich ging sie unter die Dusche und nahm, obwohl es eigentlich viel zu kalt dazu war, das hübsche geblümte Kleid aus dem Kleiderschrank, das sie sich geleistet hatte, als sie vor mehreren Jahren eines Tages mit dem Gefühl aufgewacht war, sie hätte die neue Situation mit den Zwillingen endlich einigermassen im Griff. Damals war sie aber noch ein paar

Kilos leichter gewesen. Später hatte sie es nicht mehr anziehen können. Jetzt aber wollte sie wenigstens prüfen, ob sie den Reissverschluss wieder zubekam. Sie stellte sich vor den neuen Badezimmerspiegel, liess das Kleid aus glatter Viskose über Kopf und Schultern gleiten und ... tatsächlich, es passte ihr wieder und der Reissverschluss liess sich ganz leicht schliessen! Die Farben hatten ihr schon früher sehr gut gefallen, aber an diesem Morgen standen sie ihr wirklich besonders gut und für einmal schenkte sie ihrem eigenen Spiegelbild ein scheues Lächeln, obwohl es in ihrem Bauch nervös rumorte.

Für einen Besuch auf dem Friedhof waren die Farben ihres Kleides zwar etwas auffällig, fand sie, aber sie trug ihren Wintermantel darüber und ausserdem mussten sie heute ja nicht unbedingt hineingehen. *Beim* Friedhof, hatte Manuel in seinen wenigen Zeilen geschrieben.

Angela war pünktlich, und als sie sich dem eisernen Tor näherte, sah sie ihn schon von Weitem. Er trug blaue Jeans und eine dunkelgrüne Winterjacke. Als er sie erblickte, kam er auf sie zu, drückte ihr die Hand zur Begrüssung und meinte schelmisch:

„Ich habe eine Überraschung für Sie, wenn Sie wollen."

Angela war sehr erstaunt und konnte sich beim

besten Willen nicht vorstellen, womit er sie überraschen wollte, und das, was er ihr darauf sagte, hatte sie nie im Leben erwartet.

„Ich habe ihre Mutter kennengelernt."

Angela erbleichte. Ihre Mutter? Das war ganz unmöglich, denn sie hatte den Kontakt mit ihr vor Jahren abgebrochen, sobald sie die Stelle in der Bäckerei gefunden und sich das eigene Zimmer hatte leisten können. Seither hatte sie sie nicht mehr gesehen. Weder bei der Hochzeit mit Benno noch bei der Geburt der Zwillinge.

„Meine Mutter?", konnte sie einfach nur völlig entgeistert fragen.

„Ja, Frau Sandmann."

Angela wankte.

„Ich traf sie mehrmals auf dem Friedhof. Sie ging immer zum Grab Ihres Vaters, und weil Sie seit dem Tag, als wir zusammen den Kaffee trinken wollten, nicht mehr auf dem Friedhof erschienen sind und ich Sie gerne wiedersehen wollte, entschloss ich mich einfach eines Tages, sie anzusprechen."

Angela brachte kein Wort heraus und Manuel fuhr fort:

„Ich fragte sie, ob sie die Witwe von Herrn Sandmann sei, und als sie es bejahte, sagte ich ihr, ich hätte Sie, also ihre Tochter, mehrmals an diesem Grab angetroffen und würde sie gerne wiedersehen. Ihre Mutter, also Frau Sandmann, schien sehr überrascht zu sein und erzählte mir schliesslich mit feuchten Augen, sie hätte Sie schon seit vielen Jahren wegen irgendeines dummen Streits nicht mehr gesehen und es rühre sie zu Tränen, dass ihre Tochter die zerrissenen Familienbande offenbar wieder zusammenknüpfen wolle."

Angela suchte fieberhaft einen Ausweg aus der Falle, die sie sich selber gestellt hatte, aber Manuel war nicht zu bremsen:

„Am Begräbnis Ihres Vaters waren Sie nicht erschienen, erzählte sie mir auch noch, aber dass Sie nun, Jahre später, offenbar doch wussten, dass er verstorben war, und so häufig sein Grab besuchten, dafür danke sie Gott."

Er schien Angelas gehetztes Gesicht nicht zu bemerken und fuhr eifrig fort:

„Ihre Adresse wusste sie eben auch nicht, denn bereits die Todesanzeige, die sie Ihnen vor Jahren geschickt hatte, war ungeöffnet wieder zurückgekommen, aber als ich ihr sagte, ich könnte sie vielleicht ausfindig machen, weil ich wisse, wo Sie arbeiten, bat sie mich, sie ihr mitzuteilen", Manuel machte eine kleine Pause, „aber ich wollte Sie überraschen und …", er schaute auf die Uhr, „in etwa einer Viertelstunde wird sie da sein, Ihre Mutter."

Angela schnappte nach Luft und blickte sich nervös um. Es schien sich aber zum Glück noch niemand dem Friedhof zu nähern.

„Manuel, es tut mir leid, aber ich kann Frau Sandmann ganz unmöglich treffen", brachte sie endlich heraus und lief fluchtartig Richtung See, an der Friedhofsmauer entlang, während Manuel neben ihr Schritt zu halten versuchte und mit enttäuschter Stimme bat:

„Machen Sie Ihrer alten Mutter doch die Freude."

„Sie haben kein Recht, sich in meine Familienangelegenheiten einzumischen", antwortete Angela schliesslich wirsch und rannte beinahe davon.

„Ich will Ihnen doch nur helfen", ein verzweifelter Ton schwang in seiner Stimme mit.

Da blieb Angela stehen, blickte ihm in die Augen und sagte:

„Das können Sie nicht. Herr Sandmann ist nicht … mein Vater … und Frau Sandmann ist nicht meine Mutter."

„Es ist keine Schande, adoptiert worden zu sein", folgerte Manuel in Sekundenschnelle, und dachte, endlich voll ins Schwarze dieser trüben Familiengeschichte getroffen zu haben, denn Angela blieb bei diesen Worten wie angewurzelt auf dem verlassenen Uferweg stehen, sank in die Knie und fing an, hemmungslos zu weinen.

Manuel war sehr unbehaglich zumute. Was hatte er bloss angerichtet? Er hatte, wie immer, nur helfen wollen. Das war doch sein Job, Leute zu retten, ihnen aus brenzligen Situationen zu helfen, Feuer aller Art zu löschen. Nur das Feuer am eigenen Herd, das hatte er nicht unter Kontrolle kriegen können. Es war eben immer einfacher, bei den anderen der Retter in der Not zu sein als im eigenen Heim, wo das eigene Fleisch und Blut sich verzehrte. Er blieb hinter Angela stehen, bückte sich, zögerte und berührte dann doch ihre zuckenden Schultern.

„Angela … es tut mir leid, bitte."

Er fuhr ihr sanft übers Haar, suchte nach einem Taschentuch, setzte sich schliesslich neben sie auf den eiskalten Boden und hielt es ihr hin.

„Ich bin ein Volltrottel", sagte er einfach, legte einen Arm um ihre Schultern und wartete, bis die Tränenflut langsam verebbte.

„Und ich bin kein Adoptivkind", erklärte Angela leise.

„Schon gut. Ich werde dich nicht mehr danach fragen."

Manuel merkte nicht einmal, dass er sie duzte.

„Ich muss nach Hause." Angela stand auf,

glättete ihren zerknitterten Wintermantel, klopfte den Staub von ihrer Handtasche und steckte das nasse Taschentuch ein.

„Ja, natürlich, ich verstehe." Manuels Stimme klang traurig. „Sehen wir uns wieder?"

„Ich weiss nicht", antwortete Angela, streckte ihm zum Abschied die Hand entgegen und liess ihn stehen.

Von jenem Tag an ging Manuel Velber nur noch selten auf den Friedhof. Nicht weil ihn der Verlust seiner Tochter weniger schmerzte, sondern weil er nicht wusste, was er Frau Sandmann, falls er ihr wieder begegnen würde, sagen sollte. Die arme Alte, da war er überzeugt, war ganz bestimmt zur abgemachten Zeit vor den Friedhof gekommen, hatte dort vielleicht stundenlang gewartet, gehofft, gebetet, geweint und war schliesslich, von ihrer vermeintlichen Tochter enttäuscht, wieder gegangen.

Er sass zu Hause in seinem geräumigen Haus mit dem arg vernachlässigten, aber schönen Garten, räumte die Bilder seiner Tochter weg, nahm sie zwei Tage später wieder hervor, ging in ihr Zimmer, wo noch alle ihre Sachen lagen, die Turnschuhe in der Ecke, die Stofftiere auf dem Bett, die CDs und die Kleider im Schrank, die sie zuletzt wirklich nicht mehr hatte tragen können, weil sie darin mit ihren spindeldürren Gliedern wie eine Vogelscheuche ausgesehen hatte. Er legte sich auf ihr Bett, starrte zur Decke, hörte draussen den Hund bellen und spürte, wie die Metastasen der Schuld unerbittlich über sein Herz krochen. Er griff nach der Schachtel mit den Schlaftabletten.

Angela aber beschloss, nach diesem sonderbaren Rendez-vous mit Manuel überhaupt nicht mehr in die Nähe des Friedhofs zu gehen. Wie konnte sich ein Fremder überhaupt nur anmassen, sich derart in ihr Leben einzumischen? Sein Verhalten schien ihr mehr als fraglich. Und wie seltsam er reagiert hatte, als sie vor Monaten mit ihrem Wort Krebs offenbar den Nagel auf den Kopf getroffen hatte. Ausserdem hatte er, weil er sich wohl für den rettenden Engel hielt, auf den sie nur gewartet hatte, sie jetzt endgültig um ihr Ritual gebracht: die Trauer um Luzia, die sie sich nun seit Jahren jeden Monat vergebens einzureden versuchte. Es war das Beste, sie vergass diesen komischen Mann. Helfen konnte er ihr nicht. Das konnte niemand, ausser sie selbst. Das wusste sie jetzt und sie machte sich an die Verwirklichung des Plans, den sie sich seit der Nacht, als Benno sie vergewaltigt hatte, in allen Details ausgedacht hatte.

Sie holte den einzigen, riesigen Koffer, den sie besassen, aus dem Keller, packte ihn mit ein paar persönlichen Sachen und mit Kleidern von sich und den Zwillingen voll, schrieb einen kurzen Brief an Benno, den sie in einem verschlossenen Umschlag auf das schwarze Tuch über dem leeren Spiegelrahmen im Schlafzimmer legte, und einen Zettel für Lea und Dora, worauf sie erklärte, dass sie mit ihren Brüdern zusammen eine Freundin besuche und dass das Essen im Kühlschrank stehe, drückte den erstaunten Zwillingen, als sie sie im Kindergarten abgeholt hatte und wieder in der Wohnung angelangt war, ihre Lieblingsstofftiere in die Hand und verliess mit den beiden aufgeregten kleinen Jungen und dem Riesenkoffer den trostlosen, schmutzigen Block, der fast fünf Jahre lang ihr Zuhause gewesen war. Fünfzehn Minuten später stieg sie in den Bus, der sie ins Stadtzentrum fuhr, streckte dem Fahrer die Adresse des Frauenhauses hin und fragte ihn nach der am nächsten gelegenen Haltestelle. Sie fühlte sich sehr seltsam, beklommen und frei zugleich, denn wie es nun in ihrem Leben weitergehen sollte, wusste sie nicht, aber in ihrem Innersten wusste sie, dass die Trennung von Benno das einzig Richtige war.

Erst gegen sieben Uhr abends, nachdem Angela immer noch nicht von ihrem Besuch zurückgekommen war und Benno gerade dachte, wie angenehm ruhig die Wohnung ohne die lärmigen Zwillinge doch war, fand er beim Suchen seiner verschlissenen Pantoffeln per Zufall den zugeklebten Umschlag im Schlafzimmer. Er riss ihn auf, überflog die zwei Zeilen, runzelte einen Augenblick die Stirn und griff, ohne zu zögern, zum Telefon. Die Frauenstimme am anderen Ende klang zwar sehr überrascht über seinen unerwarteten Vorschlag, aber er wusste, dass die Mollige, der sie gehörte, in kurzer Zeit bei ihm klingeln würde.

Im Frauenhaus wurde Angela warmherzig aufgenommen und bekam sogar gleich ein Zimmer für sich und die Zwillinge, denen sie einfach erklärte, sie würden jetzt einmal zusammen in diesem Hotel übernachten. Danach rief sie Theresa an und erklärte ihr, dass sie am anderen Tag ausnahmsweise erst am Nachmittag zur Arbeit eintreffen würde, weil sie umgezogen sei und noch einiges zu regeln hätte. Theresa war erstaunt, hatte aber gerade keine Zeit, sie näher danach zu befragen. Erst am anderen Tag erkundigte sie sich deshalb sehr besorgt bei Angela, wie es denn zu diesem plötzlichen Umzug gekommen sei.

Angela erklärte ihr, sie hätte es bei ihrem furchtbaren Benno nicht mehr ausgehalten und sei nun im Frauenhaus untergekommen. Dabei klang ihre Stimme sehr sicher, aber Theresa sah an ihrem ängstlichen Blick, wie prekär ihre Lage war.

„Ich habe mit der Heimleiterin gesprochen. Du bekommst den nächsten Ausbildungsplatz, der frei wird, wenn du willst."

Angelas Miene hellte sich merklich auf und sie fiel Theresa so heftig um den Hals, dass diese beinahe das Gleichgewicht verlor.

„Falls Benno hier auftauchen sollte, darfst du ihm aber nicht sagen, wo ich bin", sagte Angela, etwas ruhiger geworden, schliesslich.

Theresa versprach es ihr und schickte sie, damit sie von ihren eigenen Problemen abgelenkt wurde, in den fünften Stock des Pflegeheims, weil dort oben mehrere Mitarbeiterinnen krankgeschrieben waren und Hilfe dringend gebraucht wurde. Als Angela aus dem Lift trat, wurde ihr sofort bewusst, dass hier oben nicht die gleiche Atmosphäre herrschte wie im zweiten Stock. Allerdings wusste sie nicht, ob ihre eigene trübe Stimmung ihre Wahrnehmung beeinflusste.

Die alten Leute sassen völlig apathisch im Aufenthaltsraum, der gleich vor dem Lift war. Einige schauten auf, als sie die Unbekannte aus dem Aufzug kommen sahen, aber die meisten verharrten bewegungslos und mit trauriger oder ausdrucksloser Miene auf ihren Rollstühlen und nippten an ihrem Nachmittagstee.

Angela klopfte im Büro der Stationsleitung und stellte sich der Leiterin vor. Diese musterte sie von Kopf bis Fuss, meinte, es sei höchste Zeit, dass sie käme, und sie könne schon mal im Zimmer 501 saubermachen. Angela gehorchte wortlos, ergriff im Flur den Wagen mit den Putz- und Desinfektionsmitteln, den Staublappen und dem beinahe vollen Abfallsack und suchte nach dem Zimmer mit der entsprechenden Zahl. Sie pochte leise und öffnete die Tür, aber der Geruch der uringeschwängerten Luft, der aus diesem Raum strömte, verschlug ihr beinahe den Atem. Die Insassen, zwei alte, verrunzelte Frauen, deren schmächtige Körper unter den vielen Decken beinahe ganz verschwanden, aber deren lautes Schnarchen trotzdem gut hörbar war, und eine dritte Bewohnerin, die extrem klein wirkte, nur leicht zugedeckt war und keinen Mucks von sich gab, schienen offenbar ganz ans Bett gebunden zu sein.

Angela schob den Putzwagen hinein, trat dann aus Neugier ganz nah an das Bett der stillen Frau heran und wich erschrocken zurück. Sie schlief nicht, sondern hatte die blaugrünen Augen weit geöffnet.

„Guten Tag", sagte Angela schliesslich leise, aber die Augen, die einem ganz jungen Mädchen gehörten, das sehr kurz geschnittenes Haar hatte, blickten weiterhin starr zur Decke. Angela spürte, wie ein Gefühl der Empörung sich ihrer bemächtigte. Wie konnte man einen so jungen Menschen mit diesen alten Frauen ins gleiche Zimmer pferchen?

„Das ist Desiree", sagte eine Stimme hinter ihr, und als Angela sich umdrehte, sah sie eine ältere Frau, die anscheinend gerade ohne zu klopfen ins Zimmer getreten war und es offenbar nicht für nötig hielt, sich selbst vorzustellen.

„Was ist mit ihr?"

„Sie liegt im Koma."

„Aber sie hat doch die Augen offen!"

„Das bedeutet gar nichts, ausser dass man es deshalb *Wach*koma nennt."

„Warum?"

„Eben, ich sag's doch, weil sie die Augen offen hat."

„Nein, ich mein, warum ... was ist passiert mit ihr?"

„Sie hatte einen Reitunfall zusammen mit einem anderen Mädchen, das auf dem gleichen Pferd ritt. Das andere Mädchen verstarb noch an der Unfallstelle, sie hingegen überlebte, aber …"

„Aber?"

„Ja schau sie dir doch an. Sie wäre besser auch gleich gestorben. Jetzt liegt sie schon seit einem Jahr hier in diesem Zustand."

„Sie ist noch so jung. Vielleicht wacht sie wieder richtig auf?", sagte Angela. Sie hätte es diesem Mädchen gegönnt. Wer konnte einem so jungen Menschen den Tod wünschen?

„Und dann? Vielleicht schreit sie dann wie Luzia bei euch unten."

Angela zuckte leicht zusammen, als sie die andere, die keine Aushilfe, sondern eine diplomierte Pflegerin zu sein schien, den Namen aussprechen hörte.

„Aber sie gehört doch nicht hierher!", erwiderte sie entrüstet.

„Warum nicht?"

„Mitten unter diesen alten Menschen … wie alt ist sie denn?"

„Zwölf."

Angela staunte. Sie war noch jünger, als sie sich vorgestellt hatte.

„Sie war monatelang im Spital, dann im Rehabilitationszentrum und jetzt ist sie hier, weil es eben billiger kommt", erklärte die Frau trocken.

„Und ihre Familie?"

„Was soll mit ihr sein?"

„Wie denkt die denn darüber, dass ihre Tochter hier mit diesen alten Leuten im Zimmer liegt?"

„Das ist nicht unser Problem. Wir tun, was wir können."

„Also, wenn ich die Mutter wäre, fände ich es schrecklich, mein eigenes Kind hier, neben diesen schnarchenden Greisinnen liegen zu sehen."

„Vielleicht hast du recht", lenkte die andere ein, „aber das ist nun einfach Schicksal. Manche haben halt ihr Leben lang Pech. Übrigens, ich heisse Isabel. Ich bin Astrids Stellvertreterin."

„Freut mich", sagte Angela aus Höflichkeit, „ich heisse Angela."

Isabel nickte kurz, hob Desirees Decke, schob ihr Krankenhemd nach oben, nestelte an der übervollen, beinahe triefenden Einlage, die sie trug, zog sie unter ihrem geröteten Po weg, reichte sie Angela und legte ihr eine frische um.

„Warum hat sie denn eine Windel und keinen Katheter?"

„Erstens heisst das geschlossene Einlage, nicht Windel, und zweitens ist das in ihrem Fall nicht nötig. Ihr Körper ist im Prinzip noch funktionsfähig."

Angela fand die Antwort der andern nicht nur wegen ihres abschätzig belehrenden Tons furchtbar. Es kam ihr einfach vor, als spräche sie über eine Maschine.

„Aber die wären doch viel praktischer … und hygienischer", meinte sie vorsichtig und dachte dabei an Theresa, wie flink sie, trotz ihrer fehlenden Finger, den Katheter bei Frau Broemel gelegt hatte. Viel Mehrarbeit konnte das nun wohl auch nicht bedeuten, wenn man Erfahrung genug im Umgang mit Kathetern hatte. Ausserdem mussten die Alten mit ihren geschlossenen Einlagen auch mehr gewaschen werden, ausser, das verstand Angela in diesem Moment, man wusch sie einfach nicht. Damit liess sich wohl auch der Gestank im Zimmer erklären.

„Denkst du, du bist die Richtige, um das zu beurteilen?", erwiderte die andere spöttisch und erklärte mit näselnder Stimme und von oben herab weiter:

„Die natürliche Blasenentleerung soll so lange wie möglich gefördert werden, denn das Einsetzen eines Katheters ist immer mit einem Infektionsrisiko behaftet."

Angela schwieg und erwartete beinahe, dass die Pflegerin ein Lehrbuch zückte, um ihr den entsprechenden Abschnitt Wort für Wort vorzulesen, nur um zu betonen, dass sie es besser wusste, aber sie war bereits zu einer der Schnarchenden ans Bett getreten und ging genau gleich vor wie bei dem jungen Mädchen im Koma, obwohl sie die Alte damit aus dem Schlaf schreckte. Die Geweckte schaute entsprechend verwirrt drein, sagte aber nichts, während Isabel wortlos zur dritten Frau ging und Angela die stinkenden Einlagen entgegenstreckte. Angela warf sie gehorsam in den Abfallsack am Putzwagen und wäre am liebsten gleich wieder in den zweiten Stock hinuntergefahren, aber natürlich harrte sie aus bis zum Abend. Das war einfach unglaublich, wie sie hier mit den alten Menschen umgingen, ging es ihr unentwegt durch den Kopf und sie vergass zeitweise sogar ihre eigene schwierige Situation. Natürlich konnte sie nicht einfach aus diesem Stock weglaufen, zumal sie sich Mühe geben wollte, damit sie den von der Heimleitung in Aussicht gestellten Ausbildungsplatz dann auch wirklich bekam. Sicher konnte sie einmal mit Theresa darüber sprechen, wie die Dinge hier im Fünften liefen. Aber, das schoss ihr in jenem Moment auch durch den Kopf, vielleicht brachte sie damit ihren Ausbildungsplatz in Gefahr, wenn sie jemandem vom offensichtlichen Mangel an Respekt den alten Menschen gegenüber erzählte? Sie beschloss, darüber zu schweigen, und sagte

Theresa vor dem Nachhausegehen nur, sie arbeite lieber im zweiten Stock, wo ihr alle schon vertraut waren, und ausserdem fände sie es schrecklich, dass dort oben eine Zwölfjährige mitten unter den Alten liege.

„Das kann ich gut verstehen", meinte Theresa, „aber manchmal gibt es einfach keine andere Lösung, selbst wenn es für die Angehörigen hart ist. Wenigstens kommt die Mutter von dieser Desiree jeden Tag und besucht ihre Tochter. Sie geht immer zu Fuss die vielen Treppen rauf bis in den fünften Stock. Es gibt im ganzen Heim wohl niemanden, der so regelmässig besucht wird."

Sie fuhr sich mit den Händen durchs Haar und sagte:

„Übrigens, heute kam dein Feuerwehrmann wieder. Er wollte dich sehen, aber ich habe ihm gesagt, du arbeitest heute nicht."

Da Angela schwieg, fuhr Theresa fort:

„Er sah sehr traurig aus. Deprimiert, würde ich sogar sagen."

„Wirklich?" Angelas Stimme klang ungläubig.

„Er fragte dann nach deiner Adresse, aber natürlich habe ich sie ihm nicht gegeben. Er käme übermorgen wieder, meinte er."

„Kann ich an dem Tag nochmals in den fünften Stock?"

„Gerade begeistert warst du doch eben nicht."

„Nein, aber dieser Manuel …"

„Einen schönen Namen hat der aber."

„Der Name allein heisst gar nichts."

„Das weiss ich doch. Ich meinte bloss. Magst du ihn denn überhaupt nicht?"

„Ich kenn ihn kaum. Und überhaupt, er ist irgendwie seltsam."

„Trotzdem."

„Trotzdem was?"

„An deiner Stelle würde ich wenigstens mit ihm reden, weil …", sie brach ab, fügte dann aber leise bei:

„Weisst du, mir hat noch nie einer einen Brief geschrieben oder nach mir gefragt, und ich bin jetzt fünfundfünfzig."

„Das tut mir echt leid." Angela fasste Theresa leicht am Arm, „aber wenn die Männer sind wie Benno …", … hast du nichts verpasst, wollte sie ergänzen, brachte den Satz aber nicht zu Ende, fuhr Theresa stattdessen mit einer etwas unbeholfenen, scheuen Geste übers Haar und sagte einfach:

„Ich mag dich."

Dann ging sie rasch aus dem Stationsbüro, eilte ins Untergeschoss, wo sie sich umkleidete, und fuhr ins Frauenhaus, wo sich die Zwillinge, die ausnahmsweise dort gehütet worden waren, geradezu auf sie stürzten. Theresa aber schloss die Tür des Stationsbüros leise hinter ihr, setzte sich an ihren Schreibtisch und merkte lange nicht, dass der Notruf von Frau Zürcher wieder einmal summte.

10

Dass das Frauenhaus nur eine vorübergehende, ja kurzfristige Lösung sein konnte, erklärten die verantwortlichen Frauen Angela dort gleich vom ersten Tag an, aber sie versicherten ihr auch, sie stünden ihr jederzeit zur Verfügung, um ihr dabei zu helfen, ihre schwierige private Situation zu meistern. Eine Anwältin beriet sie eingehend, welche Schritte sie einleiten musste, um sich offiziell von ihrem Mann zu trennen. Auch um das Wohl ihrer Kinder musste sie sich selber kümmern, und so schrieb sie sie gleich an ihrem ersten freien Tag in einem neuen Kindergarten in der Nähe des Frauenhauses ein, nachdem sie sie im bisherigen definitiv abgemeldet hatte. Die Zwillinge konnten zwar mit den anderen Kindern der Frauen im Frauenhaus spielen, aber auch sie brauchten ein möglichst geregeltes Leben.

Von Benno hörte Angela überhaupt nichts. Ganz im Gegensatz zu Manuel erschien er nie im Pflegeheim. Es erstaunte Angela nicht einmal, dass er sich nicht meldete, um Emanuel und Samuel zu sehen, denn interessiert hatten ihn seine Kinder im Grunde seit ihrer Geburt nicht. Manuel aber versuchte mehrmals, sie im Pflegeheim zu treffen, bis Theresa, weil sie langsam die

Geduld verlor, ihm riet, ihr doch einfach seine Adresse und Telefonnummer dazulassen, damit Angela ihn anrufen könne, wenn sie es wünsche.

Als Angela Manuels Anschrift auf dem Zettel las, stellte sie mit Erstaunen fest, dass er in einem Quartier am anderen Ende der Stadt wohnte, das sie nur vom Hörensagen kannte, weil es als Villenviertel galt. Nie im Leben hatte sie sich aus ihrer subventionierten Wohnsiedlung mit den Billigwohnungen dorthin verirrt, wo die Strassen Glyzinienweg, Rosenallee oder Himmelrich hiessen. Wie viel schöner das doch klang als Schlachthofstrasse oder Spitalgasse.

Am Glyzinienweg 4 verbrachte Manuel in dem Haus, das er von seinen Eltern geerbt hatte, seine Tage damit, die Bücher über alle Arten von Krebs, die er in der Stadtbibliothek ausgeliehen hatte, zu lesen, denn er wollte jetzt, wo es zu spät war, nachholen, was er nicht gewusst hatte, und falls er Angela Teubel doch wieder einmal treffen würde, wollte er ihr im Detail erklären können, wie, warum und woran seine geliebte Natascha vor etwas mehr als vier Monaten im Alter von 17 Jahren gestorben war. Nur so würde es ihm gelingen – davon war er überzeugt – wieder ohne Schlafmittel zu schlafen, auch tagsüber ohne weitere Medikamente auszukommen, ein normales Leben zu führen und endlich zur Arbeit zurückzukehren. Denn wenn er endlich einem anderen Menschen darlegen konnte, dass ihn am Tod seiner Tochter keine Schuld traf, würden die dunklen Wolken in seinem Geist ein für alle Mal verschwinden. Die ständigen Gänge in die Stadtbibliothek verliehen seinem Leben zudem wieder einen geregelten Rhythmus und bewahrten ihn davor, zu Hause an die Decke oder auf Fotos von Natascha zu starren und seine Gedanken endlos um das gleiche Warum kreisen zu lassen. Die Hoffnung, dass Angela Teubel ihn vielleicht doch eines Tages anrufen würde, gab er auch nicht auf, nachdem er der Stationsleiterin seine Anschrift hinterlassen hatte und wochenlang nichts von ihr hörte.

Angela aber meldete sich nicht bei ihm. Sie war dermassen beschäftigt mit ihrem ganz neuen Leben, dass sie gar keine Zeit hatte, an ihn zu denken. Die Trennung von Benno war inzwischen offiziell, und sie war nicht einmal dazu gezwungen gewesen, ihn extra dafür noch persönlich zu treffen. Die Anwältin vom Frauenhaus erklärte ihr sehr genau, welches ihre Rechte und Pflichten waren, und Benno, mit dem sie nur schriftlich und über die Anwältin verkehrte, schien das Ganze, das Finanzielle ausgenommen, sehr gleichgültig hinzunehmen. Im Pflegeheim konnte sie durch Theresas Vermittlung immer noch als Aushilfe, aber regelmässig drei Tage die Woche arbeiten, und im Frauenhaus half man ihr bei der Suche nach einer neuen Wohnung. Es war nicht einfach, aber schliesslich fand sie eine kleine Zweizimmerwohnung, wofür die Sozialhilfe sie mit einem zinslosen Darlehen unterstützte, weil sie es mit ihrem kleinen Lohn nicht vermochte und Benno sich bisher weigerte, ihr etwas zu bezahlen. Sie hatte sogar das unverschämte Glück, im gleichen Haus eine sympathische Tagesmutter zu finden, die bereits mehrere andere Kinder hütete und bereit war, ihre Zwillinge zusammen mit den andern sicher in den Kindergarten zu bringen, wieder abzuholen und auf sie aufzupassen, bis Angela jeweils von der Arbeit zurückkam. Auch an ihre kleine Tochter Luzia dachte Angela viel weniger als früher, obwohl sie ihr regelmässig in ihren Träumen erschien. Es blieb einfach keine Zeit mehr, ständig an sie zu denken. Ähnlich erging es ihr mit dem Essen. Während der Arbeit konzentrierte sie sich auf die Aufgaben, die sie zu erledigen hatte, und wenn sie abends und am Wochenende nur für sich und die Zwillinge kochte, setzte sie sich jeweils mit knurrendem Magen an den Tisch, weil sie tagsüber nicht einmal Gelegenheit gehabt hatte, ständig zu naschen. Für die weissen Arbeitshosen brauchte sie nun einen Gürtel, damit sie ihr nicht hinunterrutschten, aber sie kaufte sich trotzdem keine neue Waage, weil sie jede unnötige Auslage vermeiden wollte und weil sie längst wusste, dass das Objekt mit dem unbarmherzigen Zeiger nichts anderes als ein Unglücksbringer war.

Die Arbeit im Pflegeheim gefiel ihr nach wie vor, auch wenn sie nun des Öfteren in den fünften Stock geschickt wurde, weil die Mitarbeiterinnen dort oben erstaunlich oft krankgeschrieben wurden. Mit der versprochenen Ausbildung sollte sie im folgenden Herbst beginnen. Den neuen Arbeitsvertrag, in dem sich das Pflegeheim verpflichtete, ihr den Ausbildungsplatz zu garantieren, hatte sie auch bereits unterschrieben. Sie entschloss sich deshalb, bereits vor Beginn der Ausbildung in der nahen Stadtbibliothek ein paar Bücher über Betagtenbetreuung und Krankenpflege auszuleihen.

Manuel stand in der Schlange vor dem Schalter der Bibliothekarin, eine Beige Bücher unter dem Arm, als er plötzlich hörte, wie jemand laut und ziemlich genervt „Emanuel! Samuel!" rief. Im ersten Moment glaubte er sogar, *Manuel* gehört zu haben, aber als er sich umdrehte, sah er sofort, dass nicht er, sondern die beiden kleinen Jungen, die in dem stillen Raum zwischen den Tischen herumrannten, gemeint waren. Wie ähnlich Zwillinge einander doch sein konnten. Er hatte die Mütter immer bewundert, die ihre gleich aussehenden Kinder problemlos auseinanderhalten konnten, aber als er genauer hinschaute, fiel ihm auf, dass er die Kinder schon einmal gesehen hatte.

Er erkannte Angela sofort, auch wenn sie sich seit ihrem letzten Treffen verändert hatte. Etwas weniger füllig schien sie ihm, und sie wirkte auch sonst irgendwie anders. Woran es lag, wusste er nicht. Sie lächelte verlegen, als er auf sie zuging und sie begrüsste:

„Guten Tag Angela."

„Hallo Manuel."

„Wie geht's?"

„Wer bist du?", fragte Emanuel vorwitzig, bevor Angela antworten konnte.

„Erinnerst du dich nicht mehr an mich?", fragte Manuel, und die Enttäuschung war seiner Stimme anzuhören, aber Emanuel schüttelte den Kopf, worauf Angela schnell rief:

„Natürlich kennst du ihn. Das ist doch der nette Feuerwehrmann, weisst du noch?"

Emanuel legte die Stirn in Falten wie ein Erwachsener und meinte:

„Wo hast du denn dein Feuerwehrauto?"

„Ich hab's heute nicht dabei. Ich bin grad in

den Ferien", antwortete Manuel schnell.

„Hast du auch Comics zum Lesen?", fragte nun auch Samuel und hielt ihm der Anschaulichkeit halber einen Yakari-Band in die Höhe.

„Nein, es sind andere ... Bücher für die Grossen", gab ihm Manuel zögernd zur Antwort, aber er bemerkte, dass Angela auf die grosse Beige schielte, die er unter dem Arm eingeklemmt hatte.

„Sind Sie krank?", fragte Angela darauf – es klang ein kleines bisschen besorgt – als sie ein paar Titel der Bücher erhascht hatte.

„Nein, es ist ...", er war verlegen, „wegen meiner Tochter, wissen Sie noch?"

Manuel fiel gar nicht auf, dass sie sich wieder siezten.

„Aber ..." Angela stockte und sagte dann kaum hörbar:

„Sie ist doch bereits gestorben."

Manuel fühlte sich ertappt und fragte deshalb ausweichend:

„Darf ich Sie und Ihre Kinder *heute* zu Kaffee und Kuchen einladen?"

Angela hatte diesen Vorschlag von Anfang an befürchtet, akzeptierte aber mehr der Kinder wegen, deren Geplapper beim Wort Kuchen gleich erwartungsvoll verstummt war. Sie selber verspürte eigentlich kein grosses Bedürfnis, mit ihm zu reden. In Gegenwart ihrer Kinder würde er sicher keine seltsamen Gespräche beginnen wie beim letzten Mal. Sie liessen ihre Bücher registrieren und verliessen zu viert die Stadtbibliothek.

„Mit dem Auto sind wir in fünf Minuten zu Hause."

Das hatte Angela nicht erwartet. Sie protestierte aber nicht, sondern liess sich und die Kinder von Manuel in den Glyzinienweg fahren, nachdem er vor der ihr bekannten Bäckerei kurz angehalten hatte, in den Laden gegangen und kurz darauf mit einer grossen Schachtel in der Hand strahlend wieder ins Auto gestiegen war.

Vor der zweistöckigen alten Villa, deren Fassade beinahe völlig mit den spitzen grünen Blättern der Wildrebe überwachsen war, verschlug es Angela die Sprache, aber sie sagte nichts. Die Zwillinge hingegen waren nicht zu bremsen:

„Oh, du hast aber ein grosses Haus!", sagte Emanuel mit tellerrunden Augen.

„Und einen Hund hast du auch?", rief Samuel entzückt und stürzte sich beinahe auf den beigen Labrador, der freudig wedelnd auf sie zusprang.

„Sei vorsichtig! Samuel! Du kennst den Hund ja nicht", warnte Angela, die geradezu froh war, etwas sagen zu können, das ihre Verblüfftheit nicht verriet.

„Der ist ganz friedlich", versicherte Manuel

schnell und tätschelte ihm den Rücken.

„Darf ich auf den Baum klettern?", fragte darauf Emanuel.

„Aber sicher, dafür sind sie da", antwortete Manuel, den zum ersten Mal seit Langem wieder einmal das Gefühl überkam, jemandem eine Freude machen zu können, als er die Zwillinge wie flinke Äffchen in seinem völlig verwilderten und vernachlässigten Garten und auf seinen Bäumen herumtollen sah.

„Früher kraxelte meine Tochter – Natascha", es kostete ihn einige Mühe, ihren Namen vor Angela auszusprechen, „auch immer auf den Bäumen herum. Manchmal schlich sie sogar um fünf Uhr morgens aus dem Bett, kletterte bis zur Krone hoch, lauschte im Morgengrauen dem Wind und ...", winkte ihrer Mutter, wollte er beifügen, aber seine Stimme brach ab und er stellte die flache Kartonschachtel mit dem Kuchen auf den rostigen Gartentisch, sagte Angela, sie solle es sich doch fürs Erste bequem machen, und verschwand mit den Büchern im Innern des Hauses.

Angela setzte sich auf die weisse Plastikbank, die nahe beim Eingang stand, hörte dem aufgeregten Lachen ihrer Kinder zu und liess den Blick über den ungepflegten, wilden Garten schweifen, in dem es da und dort schon vorwitzig blühte. Kurz darauf erschien Manuel mit einem Tablett, zwei klobigen, dampfenden Tassen, Milch und Zucker, zwei Bechern, einer Packung Orangensaft, einer Rolle Haushaltpapier, Tellern und Gabeln wieder.

„Sag mir jetzt nicht, du hättest keinen Hunger", duzte Manuel sie einfach wieder und versuchte zu scherzen, aber in seiner Stimme bebte etwas.

Emanuel und Samuel liessen sich nicht zweimal bitten, stürzten herbei, verschlangen die Kuchenstücke, als wären es die ersten in ihrem Leben, hielten gleich wieder ihre Teller hin und trollten sich, um diesen verwunschenen Garten bis in den hintersten Winkel zu erkunden.

Auch Angela ass ihr Stück und wurde sich bewusst, dass es in ihrem ganzen Leben bisher noch nie vorgekommen war, dass ein Mann sie mit Kaffee und Kuchen bediente. Sie dachte an Benno, den sie seit ihrer Flucht aus ihrem Block an der Schlachthofstrasse ziemlich erfolgreich aus ihrem Gedächtnis verdrängt hatte. Er fehlte ihr nicht im Geringsten. Sie hatte die Erinnerung an ihn einfach ausgelöscht. Nur die Kinder, Emanuel und Samuel, fragten ab und zu nach ihm und nach ihren Halbschwestern. Richtig traurig wirkten sie aber deswegen nicht oder nur dann, weil ihnen die grossen Schwestern zum Spielen fehlten.

„Was ist mit deiner Frau?", fragte sie deshalb plötzlich aus heiterem Himmel und liess dabei das *Sie* auch bewusst weg.

Manuel fühlte sich überrumpelt. Er wollte ja von Natascha sprechen, nicht über seine Frau. Er schien nach einer Antwort zu ringen und erwiderte schliesslich:

„Wir sind schon seit Jahren nicht mehr zusammen."

„Ich habe meinen Mann auch verlassen, vor zwei Monaten", erklärte ihm Angela, obwohl er sie nicht danach gefragt hatte.

„Verlassen?" Manuels Stimme klang betroffen.

„Ja, geflüchtet bin ich eigentlich vor ihm. Es war nicht mehr auszuhalten."

Sie war von ihrer eigenen Offenheit überrascht und auch davon, wie locker sie ihm das sagen konnte.

„Wohnst du denn nicht mehr in einer dieser Hochhaussiedlungen?" Manuel konnte sich nicht erinnern, in welchem Quartier des Sozialwohnungsbaus genau damals der Fernseher explodiert war.

„Nein. In einer kleinen Zweizimmerwohnung neben der Stadtbibliothek. Vorher war ich im Frauenhaus."

Die Idee kam Manuel blitzschnell. Er lebte isoliert von allen Nachbarn, seit seine eigene Frau ihm davongelaufen war, und jetzt, seit Nataschas Tod, wirkte sein grosses Haus noch leerer und trostloser als vorher. Nur der Hund sprang manchmal noch übermütig im Garten herum.

„Im unteren Stock hat es eine separate Dreizimmerwohnung. Möchtest du die mieten?"

Angela war völlig verdattert. Gerade eben hatte sie sich mit einem etwas komischen Gefühl von ihm einladen lassen und nun, eine gute halbe Stunde später, bot er ihr bereits an, in seinem Haus zu leben. Er bemerkte ihr Zögern und fügte bei.

„Die Miete ist nicht sehr hoch, aber ich könnte das Geld trotzdem brauchen."

Angela atmete erleichtert auf. Darauf war er also aus. Er brauchte dringend Geld, so wie sie. Ankreiden konnte sie es ihm direkt nicht. Sie wusste aus eigener Erfahrung, dass es kein Schleck war, jeden Pfennig ständig zweimal umdrehen zu müssen.

„Explodieren nicht genug Fernseher?", versuchte sie deshalb für einmal zu scherzen.

„Ich bin krankgeschrieben", antwortete er lakonisch, „Burn-out heisst es, offiziell."

Angela aber konnte kein Englisch und verstand nicht, dass er auch ein bisschen witzig sein wollte. Er tat ihr nun wirklich leid. Womöglich hatte er selber doch die gleiche furchtbare Krankheit wie seine Tochter.

„Ach, deshalb die vielen Bücher?"

„Nein, es ist wegen Natascha. Weisst du, es fing damit an, dass sie nicht mehr essen mochte und ständig an Gewicht verlor."

„Hast du sie denn nicht gleich zum Arzt gebracht?", fragte Angela, um ihm die Gelegenheit zu geben, ein bisschen von sich zu erzählen.

„Ich wusste ja nicht, was sie hatte. Ich dachte, das sei nicht so schlimm, eine vorübergehende Phase halt. Junge Mädchen verlieren oft Gewicht in ihrer Pubertät, nur weil sie das Gefühl haben, sie seien zu dick, dabei war sie nur etwas mollig, hatte noch ein bisschen Babyspeck, sozusagen."

Angela fühlte sich mit einem Male sehr betroffen. Genau so hatte es doch bei ihr selber angefangen, aber Manuel schien nicht im Geringsten auf sie selbst anzuspielen. Es kam ihr sogar vor, er sähe überhaupt nicht, wie füllig auch sie war.

„Ja und dann", fuhr er plötzlich hastig fort, „dann klagte sie über Bauchschmerzen, ich machte einen Termin beim Arzt aus, der fand sofort den Tumor, schickte uns ins Spital, dort wurden alle Untersuchungen gemacht", er redete immer schneller, „sie bekam Chemotherapie, wurde bestrahlt, es fielen ihr die Haare aus, sie erbrach sich ständig, sie bekam auch ihre Regel nicht mehr, und dann, und dann …" Seine Stimme überschlug sich und er verbarg sein Gesicht in seinen Händen.

„Sie fehlt mir so, meine Natascha", brachte er noch heraus, bevor er zu schluchzen anfing, „und ich kann doch nichts dafür."

„Nein, dafür kannst du nichts. Es war einfach ihr Schicksal", sagte Angela tröstend, weil sie verstanden hatte, dass er genau das hören wollte. Sie wagte nicht, ihn zu umarmen, wie er es am See unten getan hatte, aber sie fasste ihn beim Arm, drückte ihn leicht und meinte aufmunternd:

„Wenn deine Wohnung wirklich nicht viel teurer ist als meine jetzige Zweizimmerwohnung, kündige ich und miete deine. Es wäre herrlich für die Zwillinge in deinem Garten."

Manuel nahm die Hände vom Gesicht.

„Weisst du, sie steht schon seit Jahren leer. Ich habe sie seit", er zögerte einen Moment, „seit der Sache mit meiner Frau nie mehr vermietet."

Angela dachte, es sei besser, nicht auch noch nach der „Sache mit seiner Frau" nachzuhaken, rief nach den Zwillingen, weil sie sie plötzlich weder sah noch hörte, und blickte sich unruhig um. Manuel, der sich inzwischen ein Blatt von der Haushaltpapierrolle abgewickelt hatte, schnäuzte sich laut, entschuldigte sich, ob fürs

Schnäuzen oder fürs Weinen, das war nicht klar, und sagte schliesslich, die Jungen seien sicher zu den Kaninchenställen gegangen. Er stand auf und führte Angela hinters Haus, und da hockten die Zwillinge tatsächlich auf dem Boden, jeder mit einem dicken Kaninchen auf dem Schoss. Eins der Tiere war braun und das andere weiss und beide sassen ganz ruhig auf den schmutzigen Bubenhosen, schnupperten mit zitternden Schnauzhaaren an den Händen der Kinder, mümmelten an den saftigen Löwenzahnstengeln, die sie ihnen gepflückt hatten, und liessen es sich gefallen, ganz sanft gestreichelt zu werden.

„Das sind Galak und Nutella", erklärte Manuel und fuhr, obwohl die Zwillinge lachten, todernst fort:

„Sie gehörten Natascha, meiner Tochter", er machte eine kurze Pause, „aber passt bloss auf, dass ihr sie nicht zusammen allein lasst. Die gehören in separate Verschläge, sonst haben wir dann den ganzen Garten voller Kaninchenbabys."

„Au ja, das möchte ich, so eine richtige Osterhasenfamilie", meinte Samuel ernsthaft und machte Anstalten, das braune Kaninchen neben das weisse auf den Boden zu setzen, aber da ergriff Angela es schnell, setzte es in einen der offenen Verschläge zurück und erklärte ihren Jungen, dass es nun an der Zeit sei, nach Hause zu gehen. Auf das Protestgeschrei der Kinder versicherte sie dann, sie würden bald wiederkommen.

11

Im Garten war es wieder ganz still, nachdem Angela und ihre Kinder sich verabschiedet hatten. Manuel sass noch immer auf der Plastikbank, während sein Labrador hechelnd neben ihm im Gras lag. Es wurde schon langsam dunkel, aber er merkte es nicht. Er versuchte, die Gedanken an seine Frau zu verscheuchen, aber es gelang ihm plötzlich nicht mehr, obwohl er es sich jahrelang erfolgreich angewöhnt hatte. Um Natascha zu schützen, zu schonen, hatte es weder ein Foto noch sonst irgendetwas von ihr in seinem Haus gegeben. Ausser, ja ausser dem verdammten, verhängnisvollen Brief, den sie ihm vor fünfzehn Jahren aus Kanada geschrieben hatte, nachdem sie ihn mit der zweijährigen Natascha sitzen gelassen hatte.

Wie gut ihm dieser Abend noch in Erinnerung haftete, nachdem er die Post aus Übersee, die an jenem Tag eingetroffen war, wie einen Schuldschein auf den Polizeiposten gebracht hatte. Er war nach Hause gegangen, hatte die kleine Natascha bei der Nachbarin abgeholt, die wie ein rettender Engel als Tagesmutter eingesprungen war, und hatte die ganze Nacht am Bett von Natascha gesessen, die gerade die Windpocken plagten, die ziemlich hohes Fieber hatte und die sich einfach nicht beruhigen liess. Carmen war damals bereits seit einer Woche spurlos verschwunden, und auf der Polizei, bei der er, nachdem kaum ein Tag verstrichen war, zum ersten Mal aufgetaucht war, um eine Vermisstenanzeige aufzugeben, war er argwöhnisch gefragt worden, ob sie einen Streit gehabt hätten. Manuel schüttelte stumm den Kopf, als stünde er noch jetzt völlig entgeistert vor den skeptischen Polizisten. Nein, sie hatten keine Auseinandersetzung gehabt, nein, er hatte sie nicht geschlagen, nein, er liebte sie doch, seine Carmen. Ob die Polizisten ihm bei diesem ersten Verhör auf dem Posten, wie es ihm vorkam, wirklich glaubten, wusste er nicht. Sicher gehörten ihre hartnäckigen Fragen zum üblichen Vorgehen, wenn Ehefrauen plötzlich spurlos verschwanden. Wahrscheinlich durfte er es ihnen nicht mal übel nehmen. Schliesslich glaubten sie, im Gegensatz zu der Nachbarschaft, ihm ja dann auch, als er an jenem Tag mit ihrem Brief auf dem Posten erschien. Sie hatte ja ihre Anschrift in Kanada draufgeschrieben, und als die Polizei die zuständige Behörde in Kanada informiert hatte, damit sie überprüfte, ob die betreffende Person auch wirklich existierte und Manuel das Ganze nicht irgendwie inszeniert hatte, drückten sie ihm ihr Beileid aus, er sei ja nicht der erste Mann, der von seiner Frau verlassen worden sei. So sei das Leben halt manchmal. Er wüsste ja nicht, mit was für Geschichten sie von Berufs wegen täglich konfrontiert seien.

Er konnte es nicht fassen, so wenig wie seine fiebrige Tochter, die zu klein war, um zu verstehen, warum ihr Mami von einem Tag auf den anderen verschwunden war. Die Nachbarn verstanden es auch nicht. Die Neuigkeit verbreitete sich wie ein Lauffeuer im Quartier und Manuel fürchtete sich nach kurzer Zeit vor den Gerüchten, die offenbar im Umlauf waren. Eine Ehefrau, die ihrem Mann den Laufpass gab oder sich mit einem anderen aus dem Staub machte, ging noch an, aber eine Mutter, die ihr Kind verliess? Eine Mutter, die schrieb, sie hätte einen grossen Fehler gemacht, sich die Mutterrolle anders vorgestellt, sie könne sich nicht um das Kind kümmern, weil sie dabei selber zugrunde ginge? Eine Mutter, die ihre kleine Tochter der eigenen Selbstverwirklichung opferte? Manuel schüttelte wieder den Kopf. Er verstand sie nicht, seine egoistische Carmen, die von Karriere im Ausland geträumt hatte und mit der Hälfte ihres gemeinsamen Ersparten nach Kanada geflüchtet war. Natürlich hoffte er anfangs, dass sie doch eines Tages zurückkehren würde, dass ihr das Kind fehlen würde, aber sie kam nicht, schickte keinen Brief mehr, keine

Karte, einfach gar nichts. Von einem Tag auf den andern war er alleinerziehender Vater geworden, als wäre seine Frau plötzlich gestorben. Das stellte er sich dann manchmal auch vor, er wäre Witwer geworden. Einer, mit dem man Mitleid hatte, einer, der nichts dafürkonnte, einer, den man nicht verdächtigte, seine Frau misshandelt und vertrieben zu haben. Er fühlte sich dann besser, mit seinem zerstörten Selbstbild musste er somit nicht auch noch fertigwerden. Und es war besser für Natascha. Ihre Mutter war einfach umgekommen, bei einem Flugzeugabsturz irgendwo über dem Atlantik. Das sagte er ihr, sobald sie ihn, mit vier Jahren, danach fragte, wo ihr Mami sei. Im Himmel. Im Meer. Irgendwo. Mach dir nichts draus, du hast ja mich, Natascha. So einfach war das. Du hast ja mich und ich habe dich, du mein Ein und Alles. Du, mein Herzkäferchen, mein Allerliebstes. Manuel merkte gar nicht, dass er es flüsterte, in der Dunkelheit, nur der Hund wedelte aufmerksam mit dem Schwanz, als er die Stimme seines Meisters hörte. Geschieden wurden sie nicht. Er hätte es beantragen, mit ihr Kontakt aufnehmen können, und es wäre sicher möglich gewesen, die ganze Sache per Anwalt über die Distanzen hin zu erledigen. Er tat es nicht, weil er immer noch hoffte, und sie tat es wahrscheinlich nicht, weil sie nicht mehr heiraten und keine weiteren Kinder wollte. So stellte er sich das vor, in all den Jahren. Eine neue Beziehung gab es nicht für ihn. Nur Natascha. Ihn fror und er ging endlich mit dem Hund ins Haus.

Angela war gerade dabei, Desiree eine frische Einlage umzulegen, als eine Frau Mitte vierzig ins Zimmer trat, nachdem sie sachte geklopft hatte. Angela begrüsste sie und sie grüsste zurück.

„Ich bin Desirees Mutter", stellte sie sich gleich vor und trat ans Bett ihrer Tochter. Angela war froh, dass sie das Zimmer vorher gelüftet und die Einlagen der beiden anderen Damen, die wirklich ständig dösten, bereits gewechselt und aus dem Zimmer gebracht hatte. Auch die saugfähigen wegwerfbaren Matratzenschoner hatte sie erneuert, obwohl das, laut Astrid, nicht nötig war. Der Geruch im Zimmer schien somit im Bereich des Normalen.

„Ich habe sie gerade frisch gewickelt", rutschte es Angela heraus und sie dachte gleich, sie hätte etwas sehr Unpassendes gesagt, aber die Mutter von Desiree sagte lächelnd:

„Danke. Hier im Haus ist sie wohl wirklich ein bisschen das Baby, im Vergleich zu den andern."

Sie trat ans Bett ihrer reglosen Tochter mit den offenen Augen, strich ihr sanft murmelnd über die dünnen Arme, streichelte ihre Hände, ihre Schultern, beugte sich schliesslich über sie und küsste sie sanft aufs Haar. Angela schaute ihr gerührt zu.

„Sie braucht viel Zuwendung, wissen Sie", sagte die Mutter schliesslich zu Angela, setzte sich neben das Bett ihrer Tochter, zog ein dünnes Buch aus ihrer Tasche und begann leise, aber gut hörbar zu lesen.

„Aber was machst du denn da? Und er wiederholte seine Bitte, ganz leise, als ob es um eine ganz ernsthafte Sache ginge: Bitte, zeichne mir ein Schaf."

Die Mutter hielt mit dem Lesen inne, blickte zu Angela hinüber, die immer noch im Zimmer stand und ihr neugierig zugehört hatte.

„Kennen Sie sie?", fragte die Mutter schliesslich, aber Angela verstand sie falsch.

„Ihre Tochter? Desiree, ja, aber ich arbeite eigentlich normalerweise im zweiten Stock Ost."

„Nein, ich meinte die Geschichte *Der kleine Prinz* von Saint-Exupéry. Meine Tochter hat sie in der Schule gelesen und dann haben sie auch noch ein Theater aufgeführt. Wissen Sie", sie schluckte plötzlich und ihre Augen füllten sich mit Tränen, „mit ihrem kurzen blonden Haar durfte sie den kleinen Prinzen spielen", sie holte ein Taschentuch hervor und schnäuzte sich, dann fuhr sie mit zitternder Stimme fort:

„Wir hatten monatelang zusammen geübt, sie und ich. Und sie spielte ihre Rolle so gut. Das Publikum war ganz gerührt. Mein Mann und ich waren es natürlich auch, und stolz waren wir auf unsere Desiree", sie fuhr sich mit dem Taschentuch übers Gesicht, „entschuldigen Sie, ich halte Sie von Ihrer Arbeit ab."

Angela meinte, das mache doch nichts, aber es stimme, sie hätten wirklich ziemlich viel los im Moment, fügte sie dann bei und verabschiedete sich etwas hastig.

„Auf Wiedersehen, Angela", sagte Desirees Mutter, die offenbar gleich beim Eintreten einen Blick auf Angelas Namensschild geworfen hatte.

Angela nickte etwas befangen und verliess den Raum. Sie brauchte einen Moment für sich allein und ging auf die Terrasse, zu der man vom fünften Stock durch die Glastüren neben dem Lift Zugang hatte. Sie blickte zum See hinüber, der von hier in seiner ganzen Länge sichtbar war, und atmete ein paarmal tief durch, als eine bekannte Stimme hinter ihr fragte:

„Was machst du denn hier?"

Es war Theresa, die sich gerade eine Zigarette anzündete und Angela verwundert anblickte.

„Nichts, ich dachte nur grade an die Mutter von Desiree und ... an meine eigene."

„Was ist mit ihr?"

„Mit meiner Mutter? Gar nichts."

Theresa schwieg und nahm einen Zug von ihrer Zigarette.

„Aber die Mutter von Desiree, wusstest du, dass sie ihrer Tochter Geschichten vorliest, obwohl sie doch offenbar nichts wahrnimmt?"

„Das ist nicht so sicher. Viele gehen davon aus, dass Menschen im Wachkoma sehr viel wahrnehmen, und je mehr man sich ihnen zuwendet, desto grösser sind die Chancen, dass sie ins Leben zurückkehren."

„Hast du einmal gesehen, wie sie ihre Tochter streichelt?"

„Nein, aber ich kann es mir vorstellen, wenn ich dich darüber sprechen höre."

„Sie muss ihre Tochter sehr gern haben."

„Ich denk, du hast deine eigenen Kinder auch sehr gern."

„Das meinte ich nicht", antwortete Angela und beeilte sich, wieder zurück an ihre Arbeit zu gehen, bevor Astrid sie auf der Terrasse entdeckte.

Der Umzug von der Zweizimmerwohnung neben der Stadtbibliothek in Manuels Villa war schnell organisiert. Mehr als ihre eigenen Kleider und die Kleider und Spielsachen ihrer Kinder, drei Matratzen, etwas Bettwäsche, ein bisschen

Geschirr, ein paar Pfannen und einen zusammenklappbaren Campingtisch mit integrierten Sitzbänken hatte Angela nicht. Aus ihrer gemeinsamen Wohnung mit Benno hatte sie ja ausser dem Koffer mit den Kleidern und ein paar wenigen persönlichen Sachen nichts mitgenommen, und seit sie in der Zweizimmerwohnung lebte, hatte sie das von der Sozialhilfe vorgestreckte Geld und ihren kleinen Lohn für Nahrungsmittel und Kleider für die Kinder ausgegeben.

Manuel half ihnen mit seinem Auto beim Umzug und sie freute sich, dass die Dreizimmerwohnung bereits teilweise möbliert war. Die Kinder waren hell begeistert von der Vorstellung, von nun an mit dem Labrador und den zwei Kaninchen im gleichen Haus zu wohnen und sich im Garten und auf den Kletterbäumen austoben zu können, wann immer sie Lust dazu hatten.

Angela und Manuel hatten sich auf eine Miete geeinigt, die für die möblierte Dreizimmerwohnung und die Benutzung des Gartens eigentlich viel zu niedrig war, aber Manuel meinte dann, sie könne sich, wenn sie Lust und Zeit habe, ein bisschen um den verwilderten Garten kümmern. Das sei dann auch noch ein Beitrag zu den Unterhaltskosten des Hauses.

Angela lebte sich sehr schnell ein mit ihren Kindern. Das war auch überhaupt nicht schwer, jetzt, wo sie endlich viel mehr Platz zum Wohnen hatte. Die Kinder hatten ein Zimmer zusammen, und sie konnte, seit sie aus ihrem Elternhaus ausgezogen war und ein Zimmer gemietet hatte, sich endlich wieder einen Raum für sich allein leisten. Am liebsten aber hielt sie sich in Manuels Garten auf, denn diesen Luxus hatte sie als Kind nie gehabt. Auch ihre Eltern hatten immer in einem Mehrfamilienhaus mit einem winzigen Balkon gewohnt, und wenn ihre Mutter, als sie noch ganz klein war, ausnahmsweise mal mit ihr an die frische Luft ging, mussten sie zuerst eine langweilige endlose Quartierstrasse entlang gehen, bis sie endlich zu einem kleinen Bach kamen, der sich über eine Kuhweide bis zum fernen Waldrand schlängelte und in dem sich allerhand seltsames Getier tummelte, von Kaulquappen bis zu Wasserflöhen, das sich zwischendurch sogar fangen liess.

Bis zur Arbeit im Pflegeheim war der Weg auch wieder kürzer als von der Wohnung neben der Stadtbibliothek und oftmals ging sie ihn sogar zu Fuss, obwohl sie eine halbe Stunde dafür brauchte. Der Weg durch das ruhige Quartier mit den vielen anderen schönen Gärten war geradezu ein Genuss, auch weil sie hier und dort stehen blieb und ihre Nase in den duftenden Jasmin, die zarten Rosen oder den bereits blühenden

Flieder steckte. Der Kindergarten war auch nicht weit entfernt, und da im Quartier praktisch kein Verkehr herrschte, durften die Buben den Weg bald alleine machen.

Es traf sich alles sehr gut, nur ihre Babysitterin wohnte nun zu weit weg, und so fragte Angela Manuel, ob er nicht eine nette Nachbarin wüsste, die sich vielleicht darum kümmern könnte, dass ihre Kinder am Morgen zur richtigen Zeit in den Kindergarten gingen und am Nachmittag einen Zvieri vorgesetzt bekämen, und ausserdem bräuchte sie auch bald jemanden für die bevorstehenden Sommerferien. Da er im Quartier aufgewachsen war, dachte sie, er kenne bestimmt jede Menge Leute.

„Eine Tagesmutter meinst du?"

„Ja schon nicht für den ganzen Tag, nur für die Zeit am Morgen und am Nachmittag eben, wenn sie nach Hause kommen. Und nur an den Tagen, wo ich arbeite. Es müsste jemand sein, der sehr flexibel ist."

„O. k., ich mach das. Ich bin ihr Tagesvater!"

Angela war verdutzt über seinen Vorschlag. Sie hatte zwar an ihren freien Tagen auch bemerkt, dass Manuel, weil er, wie er sagte, krankgeschrieben war, die ganze Zeit zu Hause oben in der anderen Dreizimmerwohnung hockte, aber ihn darum zu bitten, ihre Zwillinge zu hüten, das

wäre ihr trotzdem nie im Leben in den Sinn gekommen. Es war natürlich die ideale Lösung,
ausser dass sie nicht recht wusste, was sie von
Manuel eigentlich halten sollte. Er trauerte offenbar immer noch unglaublich stark um seine Tochter, das war ihr schon lange klar und das konnte
sie, aus eigener Erfahrung, wirklich verstehen,
aber da schien es etwas in seinem Leben zu geben, das einfach im Dunkeln blieb.

Die Zwillinge aber fanden das unheimlich toll,
dass Manuel sich von nun an um sie kümmerte,
sie sogar wieder in den Kindergarten begleitete,
obwohl Angela sie lieber etwas selbstständiger
hätte werden lassen. Auch das Zvieri zusammen
mit ihm, dem Hund und den Hoppelhasen gefiel
den Kindern. Wenn er gut gelaunt war, durften
sie sogar seinen Feuerwehrhelm und seine Uni-
form anziehen, im Garten ein kleines Feuer an-
zünden und mit dem Gartenschlauch und lautem
Geschrei den schweren Brand löschen, den sie
zuvor mit grosser Begeisterung gelegt hatten.

Manuel hielten die quirligen Jungen in diesen
Momenten davon ab, ständig weiterzugrübeln
und sich das Leben noch schwerer zu machen. Er
dachte dann nicht an die Tagesmutter, die er an-
fänglich für Natascha gebraucht hatte, weil er als
Berufsfeuerwehrmann immer auf Achse war und
Teilzeitarbeit in diesem Berufszweig und für

Männer im Allgemeinen überhaupt nicht existierte. Die Tagesmutter, die eigentlich schon Grossmutter und einiges älter war als er, war Gold wert, das wusste er im Grunde genau, aber an dem Tag, als seine inzwischen dreijährige Tochter zu ihm sagte: „Papi, wenn du auch stirbst, geh ich zu Nonna", begann er sie zu hassen. Er setzte alles in Bewegung, bis er endlich einen Krippenplatz für Natascha fand, und brach jeglichen Kontakt zur Tagesmutter ab. Auch sonst isolierte er sich völlig von allen anderen Menschen in seinem Quartier. Nur bei der Feuerwehr, wo ihn nie jemand nach seinem Privatleben fragte, blieb er weiterhin ein sehr geschätzter Mitarbeiter, und im Laufe der Jahre arbeitete er sich hoch bis zum Stellvertreter des Feuerwehrkommandanten.

Natascha sollte mit ihm allein aufwachsen, behütet vor all dem dummen Gerede der andern, geschützt vor der schrecklichen Erkenntnis, dass ihre Mutter nicht beim Flugzeugabsturz gestorben war, sondern sie einfach verlassen hatte. Das sollte sein Kind nie erfahren, solange es lebte.

Es war eine gute Idee gewesen, Angela und ihre Kinder in seinem Haus wohnen zu lassen, dessen war sich Manuel von Anfang an bewusst. Richtig und häufig mit ihr sprechen konnte er zwar nicht, weil sie in getrennten Wohnungen lebten und Angela zudem noch mehr beschäftigt war als früher, weil sie, wie sie ihm einmal begeistert erzählte, bald ihre neue Ausbildung anfangen würde und im Hinblick darauf jeden Abend bereits fleissig lernte. Es tat ihm aber gut, nicht mehr so allein in dem grossen, hellhörigen Haus zu sein, nicht nur tagsüber im Garten, sondern auch abends aus der unteren Wohnung das aufgeregte Geplapper, das helle Gekicher und das erboste Geschrei der Zwillinge zu hören, und nach den Sommermonaten bat er seinen Arzt sogar, die Medikamente etwas zu reduzieren, obwohl sich der Todestag Nataschas bald jährte.

12
Oktober 2003

Mitte Oktober, als das grosse aufblasbare Schwimmbecken, das den ganzen extrem heissen Sommer über im Garten gestanden hatte und in dem Manuel den beiden Buben mit grosser Geduld das Schwimmen beigebracht hatte, schon längst wieder weggeräumt, gereinigt und im Keller verstaut worden war, wurde es während weniger Tage eisigkalt und die Zwillinge, die vor ein paar Wochen das zweite Kindergartenjahr begonnen hatten, wurden beide gleichzeitig krank, bekamen hohes Fieber und husteten von morgens bis abends, dass es Angela angst und bange wurde. Zum Arzt ging sie trotzdem nicht mehr wie früher, als die beiden noch ganz klein gewesen waren. Das tat sie nur noch im allerhöchsten Notfall. Sie fürchtete sich vor Kinderärzten, weil sie ihr in herablassendem und arrogantem Ton zu verstehen gaben, nie zum richtigen Zeitpunkt zu erscheinen und an allem schuld zu sein, wenn bei ihren Kindern etwas nicht in Ordnung war. Entweder kam sie zu früh, weil sie sich zu viele Sorgen über eine harmlose Unpässlichkeit gemacht hatte, oder dann kam sie zu spät, wie es ihr einmal mit Samuel passiert war, weil sie die Sprechstunde aus Angst vor dem Arzt so lange hinausgezögert hatte. Damals sagte ihr der Arzt sehr unwirsch, ihr krankes Kind müsse sofort ins Spital, wenn sie es nicht fertigbringe, ihm das verschriebene Medikament noch am gleichen Tag mit dem fürchterlichen Plastik-Inhalationsapparat mit der durchsichtigen Gesichtsmaske zu verabreichen, bei deren Anblick allein der Kleine bereits in panischer Angst schrie.

Sie ging deshalb am späten Samstagnachmittag lieber in die Apotheke und liess sich dort vom freundlichen Besitzer beraten, der die Not seiner Kundin witterte und ihr die teuersten und wirksamsten Medikamente mit einem reizenden Lächeln verkaufte. Gleich als sie wieder zu Hause angelangt war, wollte Angela Emanuel und Samuel den starken Hustensirup verabreichen, aber als sie den Beipackzettel las, wurde ihr klar, dass sie Manuel zuerst um etwas bitten musste. Sie stieg zum ersten Mal zu seiner Wohnung hoch, klingelte an der Tür und fragte ihn gleich:

„Hast du eine Waage?"

Manuel aber wankte und sah aus, als hätte sie ihn um eine Portion Gift gefragt.

„Nein!", schrie er beinahe.

Angela wich etwas zurück. Ein Grund, sie anzuschreien, war diese harmlose Frage bestimmt nicht.

„Es wäre für Emanuel und Samuel gewesen. Ich muss wissen, wie schwer sie sind, damit ich die tägliche Dosis Hustensirup für ihr Gewicht berechnen kann. Hörst du sie denn hier oben nicht? Sie bellen sich die Lunge aus dem Leib."

„Vielleicht finde ich sie wieder", sagte Manuel schliesslich und kehrte in seine Wohnung zurück, während Angela zu den Zwillingen zurückging und jedem aufs Geratewohl einen Esslöffel voller Sirup verabreichte. Der Husten beruhigte sich dann tatsächlich und die beiden schliefen erschöpft ein. Angela legte sich auch einen Moment hin, hörte aber, wie Manuel im oberen Stock offenbar die ganze Wohnung durchsuchte, Schränke und Schubladen öffnete, Möbel herumrückte und mit einer Rastlosigkeit hin und her lief, dass es ihr langsam unheimlich wurde.

Nachdem er die ganze Wohnung auf den Kopf gestellt hatte, erinnerte sich Manuel endlich, wo er die alte mechanische Waage vor mehr als vier Jahren versteckt hatte. Er ging aus seiner Wohnung, stieg die Treppen hinunter, öffnete die alte Holztür, die in den Keller und in die Waschküche führte, knipste das Licht an und ging zu den uralten Weingestellen, die schon seit seines Vaters Zeiten in dieser dunklen Feuchtigkeit standen. Mindestens vierzig verstaubte Flaschen Rotwein lagen dort immer noch, weil er nur selten Wein trank. Die räumte er nun eine nach der andern sorgfältig heraus, stellte sie auf den Boden und rückte das leere Gestell beiseite. Da stand sie, gegen die modrige Kellerwand gelehnt, die alte Personenwaage, die mindestens eine so dicke Staubschicht hatte wie die Weinflaschen. Er zog sie hervor, wischte sie mit dem Ärmel sauber, stellte sie auf den unebenen Boden, stand darauf und stellte fest, dass sie offenbar noch funktionierte, obwohl der Rahmen aus Metall bereits Rostflecken hatte. Er räumte alle Flaschen bis auf eine wieder ins Gestell, nahm die Waage und den Wein und stieg wieder in seine Wohnung hinauf. Dort öffnete er die Flasche, trank sie halb leer und klemmte die Waage unter seinen Arm.

„Hier, ich habe sie wiedergefunden", sagte er zu Angela, die ihm erstaunt die Tür öffnete, als er geklingelt hatte. Dass er Alkohol getrunken hatte, roch sie sofort, aber sie bot ihm trotzdem an, einen Moment hereinzukommen. Die Zwillinge schliefen noch immer.

„Geht sie noch?", fragte sie, nahm ihm das klobige Ding aus der Hand, stellte es auf den Boden und stand beinahe automatisch darauf, um sie auf ihre Funktionstüchtigkeit zu prüfen. Sie erbleichte, als sie die Zahl sah, die der Zeiger angab.

„110 Kilos? Ich denk, deine Waage geht nicht mehr richtig."

Manuel schaute sie argwöhnisch an.

„Nein, die stimmt noch. Ich bin vorhin auch draufgestanden."

Angela schwieg. Es war einfach unglaublich.

„Auf ein Kilo mehr oder weniger kommt's ja wohl nicht an", sagte Manuel daraufhin sehr bestimmt, aber Angela hörte nicht hin. Sie versuchte sich zu erinnern, wann sie sich zum letzten Mal gewogen hatte, Monate, bevor sie ihre eigene Waage aus dem zehnten Stock geschmissen hatte.

„Stell dir vor, wenn deine Waage stimmt, hätte ich etwa seit knapp einem Jahr zehn Kilo verloren."

Manuel blickte sie voller Angst an und würgte heraus:

„Angela, hör auf mit deiner Diät, ich bitte dich. Mir zuliebe."

Angela war verdattert wie noch nie in ihrem Leben. Da hatte sie tatsächlich zehn Kilo abgenommen, ohne sich bewusst darum bemüht zu haben, und da stand ein Mann vor ihr, der Angst hatte, sie könnte noch mehr abnehmen. Einen Moment lang stand die Welt Kopf für sie, aber sie merkte auch, dass Manuel ziemlich betrunken war.

„Ich habe ja gar keine Diät gemacht. Das ging … von allein."

„Das behauptete meine Natascha auch."

„Ja klar, wenn man Krebs hat und diese ganzen Chemotherapien, ständig erbricht …", meinte sie tröstend.

„Sie hatte keinen Krebs", entfuhr es ihm.

„Was hatte sie denn?"

„Sie war … magersüchtig."

Angela fühlte sich wie von einem Hammer getroffen und brachte kein Wort heraus, aber Manuel fuhr fort, als wäre jetzt ein Damm gebrochen:

„Sie starb heute vor einem Jahr. Sie war 17 und wog noch 25 Kilos."

Er schluchzte, wankte, hielt sich wie ein Ertrinkender an Angela fest und weinte an ihrer Brust, bis es draussen dunkel wurde und die Zwillinge hustend aus ihrem Schlaf erwachten.

„Komm Manuel, ruh dich aus", sagte Angela mit feuchten Augen, wischte ihm mit der Hand die letzten Tränen aus dem verquollenen Gesicht, schob ihn in ihr Zimmer, drückte ihn auf ihr Bett, deckte ihn zu und ging zu ihren fiebrigen Zwillingen.

Sie wog sie, brachte es aber, weil sie völlig durcheinander war, einfach nicht fertig, die richtige Hustensirupdosis zu berechnen. Sie gab jedem einfach noch einen Kaffeelöffel voll, bereitete ihnen Lindenblütentee mit Honig zu und legte sich dann zu ihnen ins Bett. Ihre kleinen Körper waren heiss und feucht, und sie schnarchten bald mit offenem Mund, aber selbst wenn sie in ruhigen, regelmässigen Zügen geatmet hätten, hätte Angela nicht einschlafen können.

Sie dachte über Manuel nach, diesen Mann, der an ihrer Brust geweint hatte und für den sie scheinbar zum Rettungsanker geworden war. Das war es also, was ihn auffrass und womit er nicht fertig wurde. Magersucht. Seine Tochter hatte sich selbst zu Tode gehungert und er hatte es nicht verhindern, ihr nicht helfen können. Sie hatte Mühe sich vorzustellen, dass man es tatsächlich fertigbringen konnte, so wenig zu essen, bis man starb. Man musste seine Tochter ja beinahe bewundern für ihre unheimliche Willenskraft zum Abnehmen. Sie wusste doch aus eigener Erfahrung, wie schwierig das war. Sie stockte. Nein, das stimmte nicht mehr, seit sie heute auf der Waage festgestellt hatte, dass sie offenbar auch ohne Diät an Gewicht verlieren konnte. Überhaupt hatten sich ihre Gedanken in letzter Zeit überhaupt nicht mehr darum gedreht. Es war ihr nicht mehr wichtig gewesen, weil sie es aus eigener Kraft fertiggebracht hatte, ihrem Leben eine andere, positive Wende zu geben. Sie stellte sich überhaupt nicht mehr vor, nur ohne Übergewicht glücklich werden zu können. Sie hatte sich von Benno gelöst, hatte eine Arbeit, durfte eine Ausbildung machen, wurde weiterhin sehr geschätzt im Pflegeheim, von vielen Bewohnern und natürlich von Theresa, die ihr als teure Freundin ans Herz gewachsen war. Ja, und seit mehreren Monaten lebte sie nun sehr günstig in diesem wunderbaren alten Haus mit dem schönen Garten, wo das Glück in Greifnähe zu sein schien. Mit dem seltsamen Manuel zwar, aber jetzt kam er ihr nicht mehr seltsam vor. Nur sehr, sehr allein. Sie selber aber hatte sich überhaupt nicht allein gefühlt in letzter Zeit, sondern sehr frei, selbstständig und stolz, plötzlich allein für ihre Kinder sorgen zu können, denn seitdem sie ihre Ausbildung angefangen hatte und dazu regelmässig beinahe vier Tage in der Woche arbeitete, konnte sie sich, wenn sie den Gürtel ganz eng schnallte, auch ohne das Geld von der Sozialhilfe durchschlagen. Und eines Tages würde auch Benno gerichtlich dazu verpflichtet werden, seine finanzielle Verantwortung für Samuel und Emanuel wahrzunehmen. Sogar an Luzia dachte sie nun viel seltener, obwohl sie immer noch sehr häufig von ihr träumte. Seltsamerweise war die Kleine in ihren Träumen aber nun kein Baby mehr, sondern ein kleines Mädchen, und es war, als würde sie mit jedem Traum etwas älter. Einmal sah sie es sogar an der Hand einer Frau gehen, die nicht sie selber war. Vielleicht, dachte Angela nun, war es doch möglich, dass die Zeit Wunden heilte. Vielleicht würde sie nicht ihr Leben lang einem Kinde nachtrauern, das man ihr weggenommen hatte.

Sie löste sich vorsichtig aus den Armen von Samuel und Emanuel, stieg aus dem Bett und ging leise in ihr Zimmer hinüber. Das fahle Licht einer Strassenlampe auf der anderen Seite der Gartenmauer erhellte den Raum und das Bett, auf dem Manuel lag und mit offenen Augen zur Decke starrte. Im ersten Moment erinnerte er Angela an Desiree, aber als sie leise seinen Namen rief, drehte er den Kopf in ihre Richtung.

„Wie geht es dir?", fragte sie vorsichtig, aber weil er nicht antwortete, setzte sie sich neben ihn auf die Bettkante und schlug ihm eine Tasse heisser Milch mit Honig vor. Da er aber weiterhin schwieg, kroch sie schliesslich zu ihm unter die Decke, bettete seinen Kopf an ihre Brust und fuhr ihm mit der Hand durchs Haar. Er liess es geschehen, brach aber sein Schweigen erst im Moment, wo sie aufhörte, ihn zu streicheln, weil sie selber beinahe einnickte. So fing er leise an zu erzählen, wie ihm seine Frau weggelaufen war und ihn mit der zweijährigen Natascha sitzengelassen hatte. Wie die Kleine ihn später nach ihrer Mutter fragte und er ihr die Lüge vom Flugzeugabsturz erzählte, wie er sie von der Tagesmutter wegriss, weil er es nicht dulden konnte, Nataschas Liebe mit jemand anderem zu teilen, wie sie dann, abgesehen von der Schule, praktisch mit ihm allein aufwuchs, weil er sich von allen Freunden und Nachbarn abschottete, wie sie, je älter sie wurde, ihn bekochte, seine Wäsche wusch und bügelte, seine einzige und engste Vertraute wurde, wie sie bis im Alter von dreizehn Jahren neben ihm in seinem Bett schlief, als sei es das Natürlichste der Welt, bis er dann, als sie ihre Regel bekam, von einem Tag auf den andern beschloss, dass sich das nun nicht mehr ziemte, denn auch ihre Brüste waren gewachsen und er fürchtete sich plötzlich vor ihr. Er wagte es nicht mehr, sie zu streicheln, schloss sie nicht mehr in seine Arme, sagte ihr, sie sei nun bald eine richtige Frau und dürfe ihm nicht mehr so nahe kommen. Sie aber verstand ihn nicht, nahm ihre beiden Kaninchen mit in ihr Bett und wurde ihm gegenüber von Tag zu Tag verschlossener. Eines Nachts lief sie ihm sogar davon und kam erst am andern Tag wieder. Was geschehen war, erfuhr er erst viel später, aber da war das Unglück bereits nicht mehr aufzuhalten. Sie behauptete plötzlich, viel zu dick zu sein, begann wochenlange Fastenkuren, wurde dabei ganz aufgekratzt, ass auch danach nur noch Miniportionen oder verweigerte das Essen tagelang wieder ganz. Und eines Tages fragte sie ihn, wo ihre Mutter sei, obwohl sie doch wusste, dass sie gestorben war. Im Himmel, sagte er ihr wieder, aber sie schrie ihm ins Gesicht, er sei ein elender Lügner. Ihre Mutter sei nicht tot, die Nonna hätte es ihr gesagt. Jetzt wusste er also, wo sie in der Nacht, als sie fortgelaufen war, untergekommen war, und er hätte die Nonna am liebsten erwürgt. Sie war schuld am Trauma, dass seine Tochter nun hatte. Denn sie wollte es nun ganz genau wissen, liess nicht locker, bis er ihr gestand, sie sei ihm fortgelaufen. Warum? Warum?, schrie ihm Natascha ins Gesicht. Was hast du ihr angetan? Nichts, gar nichts, er weinte damals beinahe, das wusste er noch. Sie ging einfach. Aber Natascha glaubte ihm nicht, und so holte er in seiner grossen Verzweiflung den Brief hervor, den er in seinem Safe eingeschlossen hatte, und las ihr die Zeilen ihrer Mutter vor:

Lieber Manuel,

ich weiss, dass Du mich nicht verstehen wirst, aber ich halte es nicht mehr aus. Es war ein Fehler von mir, Natascha in die Welt zu setzen, denn ich bin nicht zum Muttersein geschaffen. Ich brauche meine Freiheit, sonst gehe ich ein. Du wirst Natascha ein guter Vater sein, das weiss ich. Carmen

Manuel zitierte den Brief auswendig. Er hatte ihn bestimmt tausendmal durchgelesen und den Inhalt einfach nicht begreifen, nicht fassen können.

Für Natascha aber war es eine Katastrophe, zu wissen, dass sie kein Kind, sondern ein Fehler war, etwas, das in die Welt gesetzt zu haben man bereute, eine heisse Kartoffel, die man fallen liess, ein Klotz am Bein auf dem Weg in die grosse, weite Welt der Selbstverwirklichung.

Sie nahm rapide ab, wurde mit vierzehn Jahren bereits gefährlich untergewichtig, behauptete aber immer noch, sie sei wahnsinnig dick, und schluckte hinter seinem Rücken Abführmittel und Appetitzügler, die sie von ihrem Taschengeld rezeptfrei in verschiedenen Apotheken kaufen konnte. Ihre Gesundheit verschlechterte sich von Monat zu Monat, sie bekam Probleme mit den Zähnen, die Haare fielen ihr büschelweise aus. In die Schule konnte sie nicht mehr, weil sie zu schwach war und es ihr an Konzentration mangelte. Sie wurde schliesslich in eine Klinik eingeliefert, als es lebensbedrohlich wurde. Dort brachten sie es fertig, dass sie wieder etwas zunahm, verabreichten ihr jede Menge Vitamine, schickten sie in die Psychotherapie und schliesslich wieder nach Hause, als es wieder einigermassen besser ging, aber es nützte alles nichts. Sie hungerte aufs Neue, bekam aber zwischendurch auch Heisshungerattacken und stopfte alles in sich hinein, nur um es Minuten später wieder zu erbrechen, kam nicht los von ihrer Sucht, und sooft er auch versuchte, vernünftig mit ihr zu reden, sooft redete er in die Luft. Er bettelte, sie solle ihm zuliebe essen, ihm zuliebe zunehmen und wieder gesund werden, aber sie hatte panische Angst vor dem Teller mit Essen, das er ihr hinstellte, und vor dem Kuchen, den er extra für sie buk.

Es war vier Uhr morgens, als Manuel schliesslich verstummte. Angela hatte in der ganzen Zeit nichts gesagt, nur zugehört. Sie sagte auch jetzt nichts. Sie war zu erschüttert, und sie wusste, dass auch Worte seine geliebte Natascha nicht zurückbringen konnten. Vielleicht hat sie wenigstens jetzt ihren Frieden, hätte sie ihm sagen können, aber das wäre kein Trost für ihn gewesen. Sie schwieg und merkte an seinen ruhigen Atemzügen, dass er an ihrer Brust eingeschlafen war.

Die Zwillinge, denen es offenbar etwas besser ging, guckten erstaunt, als sie ihre Mutter am anderen Morgen zusammen mit Manuel im Bett entdeckten. Sie krochen aber, wie es am Sonntag auch sonst ihre Gewohnheit war, zu Angela unter die Decke, husteten ihr und Manuel ihre Bazillen ins Gesicht, kitzelten sie an den Füssen und rutschten auf der Matratze herum, dass an Schlaf nicht mehr zu denken war.

„Bekommen wir jetzt ein Schwesterchen?", fragte Samuel Angela unverblümt, als sie sich im Bett aufgesetzt hatte.

Angela schnappte nach Luft, scheuchte die Kinder verlegen aus dem Bett Richtung Toilette und lief den beiden mit dem Hustensirup hinterher.

„Möchtest du mit uns frühstücken?", fragte sie darauf Manuel und stürzte sich, ohne seine Antwort abzuwarten, in ihren Mantel, um in der Bäckerei frisches Brot zu holen, obwohl das nicht ihre Gewohnheit war. Sie nähme den Hund mit, rief sie ihm noch nach und verliess die Wohnung.

Draussen blies ein eisiger Wind und es fielen bereits die ersten Schneeflocken, obwohl sie noch mitten im Herbst waren, aber Angela merkte es nicht, als sie mit hastigen Schritten durchs Quartier ging, während der Labrador freudig mit dem Schwanz wedelte und neben ihr hertrabte. Die vorwitzige Frage Samuels hatte sie völlig aus der Fassung gebracht. Nie im Leben hätte sie selber daran gedacht, mit Manuel zu schlafen. Sie kannte ihn ja kaum, und ausserdem hatten weder sie noch er Lust darauf. Mit seiner Niedergeschlagenheit und Trauer um seine Tochter war das bestimmt nicht der richtige Zeitpunkt. Angela stockte. Sie fühlte sich in ihren eigenen Gedankengängen ertappt. Nicht der richtige Zeitpunkt. Was sollte das denn heissen? Dass es den Zeitpunkt geben könnte, nur das es noch nicht der richtige war? Sie verscheuchte den Gedanken gleich wieder, sagte sich, dass Manuel einzig und allein ihre Nähe suchte, weil er jemanden brauchte, dem er sein Herz ausschütten konnte und der ihm ein bisschen Gesellschaft leistete. Ja, und das Geld für die Miete hatte er auch nötig und ihre Hilfe im Garten. Basta.

Sie band die Leine des Labradors am Haken vor der Bäckerei fest und trat in den vertrauten Laden mit dem unvergleichlichen Duft von frischem Brot. Die Besitzerin, die ihren Angestellten am Sonntag auch tüchtig bei der Bedienung der Kunden half, weil der Andrang so gross war, erkannte sie sofort und meinte spöttisch:

„Hallo Angela, lässt dich auch wieder mal bei uns blicken?"

„Ich bin weggezogen", antwortete Angela ausweichend und bezahlte ihr Brot.

„Dein Benno hat schon längst eine andere gefunden."

„Wie wollen Sie das wissen?"

„Er kommt jeden zweiten Sonntag zum Kuchenessen her mit ihr und den zwei Gören."

Angela erwiderte nichts, aber die Besitzerin

kam nun um die Auslage herum und flüsterte ihr in verschwörerischem Tone zu:

„Du, die ist noch viel dicker als du. Ich glaub, der liegt gern weich."

Angela drehte ihr den Rücken zu und verliess den Laden, wobei sie sich beinahe wünschte, statt des lieben Labradors einen aggressiven Pitbull an der Leine zu haben, um ihn auf die Ladenbesitzerin zu hetzen. Sie lief eilig in Manuels Quartier zurück, konnte aber nicht umhin, nun an Benno zu denken. Wie sie ihn kennengelernt hatte, wie er während ihrer ganzen Ehe mit ihr umgegangen war und, darüber dachte sie zum ersten Mal nach, wie wenig er von seiner früheren Frau erzählt hatte, ausser dass sie schwere Depressionen hatte und in einer psychiatrischen Anstalt lebte. Besucht hatte er sie nie, auch mit Lea und Dora nicht, er sagte, es hätte keinen Zweck, aber sie wusste, wie sie aussah, denn die Mädchen besassen ein einziges Foto von ihr, das ihre beleibte Mutter zusammen mit ihren Töchtern, als sie noch Babys waren, fröhlich lachend zeigte und das zwischen ihren Betten hing.

Mit einem Mal fiel es Angela wie Schuppen von den Augen, dass sich Benno genau jene Frauen aussuchte, die sich aufgrund ihres Gewichtes unsicher fühlten und sich alles von ihm gefallen liessen: seine Demütigungen und Niederträchtigkeiten, mit denen er sie jahrelang traktierte, sie fertigmachte, bis er sie entweder in die psychiatrische Klinik oder in den Sprung vom Balkon trieb. Sie fühlte eine ungemeine Wut über sich selbst in sich hochsteigen, weil sie sich jahrelang von ihm hatte manipulieren und beinahe in den Selbstmord treiben lassen, allein weil sie damals leider glaubte, sie sei es mit ihren überflüssigen Kilos eben nicht wert, dass man sie achtete und respektierte wie jeden anderen Menschen auch. Warum sonst hatte er sie denn einfach ziehen lassen, ohne auch nur ein einziges Mal nach ihr und den Zwillingen zu fragen? Er suchte sich doch einfach eine andere, die sich nicht aufzumucken getraute, das Essen kochte, seine Töchter versorgte und sich im Bett nicht wehrte.

Angelas Hände zitterten noch immer vor innerem Aufruhr, als sie mit dem frischen Brot wieder in der Wohnung auftauchte. Manuel, der mit den Zwillingen und den zwei Kaninchen auf dem Stubenboden sass, bemerkte es, meinte, sie hätte Handschuhe anziehen sollen, stand auf, ergriff ihre Hände und rieb sie mit den seinen warm. Dann schenkte er ihr eine Tasse vom heissen Kaffee ein, den er inzwischen zubereitet und in eine Thermoskanne gefüllt hatte, und zu viert setzten sie sich an den gedeckten Frühstückstisch.

13

Als Angela zu Beginn der darauf folgenden Woche wieder wie gewohnt zur Arbeit im Pflegeheim erschien, teilte ihr Theresa gleich mit, dass am vergangenen Samstag, an dem sie freihatte, per Post ein Brief für sie eingetroffen war. Neugierig betrachtete Angela den unerwarteten Brief im gestärkten Umschlag. Von Manuel war er ja diesmal nicht und von Benno bestimmt auch nicht, der hätte nie ein derart teures Couvert verwendet. Sie öffnete ihn noch im Stationsbüro, während Theresa die Medikamente der Einwohner in die grosse Tablettenbox verteilte. Der Briefkopf stammte von einem Notar aus dem Nachbarkanton, der sich dafür entschuldigte, dass er, weil er zuerst Nachforschungen hatte anstellen müssen, um ihre derzeitige Anschrift zu erfahren, ihr erst jetzt, sechs Monate nach dem Ableben ihres Vaters, mitteilen könne, dass sie von ihrem verstorbenen Vater zwanzigtausend Franken geerbt habe, und zwecks Überweisung des Geldes darum bat, ihm die entsprechenden Angaben ihrer Bank zukommen zu lassen. Angela liess den Brief sinken. Ihr Vater war tot und sie hatte es nicht gewusst. Theresa warf ihr einen besorgten Blick zu und fragte, ob sie schlechte Nachrichten bekommen hätte. Angela aber war jetzt nicht mehr fähig, Theresa weiter anzulügen, und sagte tonlos:

„Mein Vater ist gestorben."

Theresa machte grosse Augen und hob zur erwarteten Frage an:

„Ich dachte, der sei schon vor Jahren …"

„Nein, das stimmt nicht."

„Aber warum hast du mich denn angelogen?"

„Es tut mir leid. Ich kann es dir auch nicht erklären."

„Warum gingst du auf den Friedhof, an dem Tag, wo du Bauchschmerzen hattest?", frage Theresa trotzdem weiter.

„Ich kann es dir nicht erklären", jetzt klang Verzweiflung in der Stimme mit und Theresa meinte mitfühlend:

„Auf jeden Fall, es tut mir sehr leid für dich. Wie alt war er denn?"

„Ich weiss es nicht", Angela brachte es nicht fertig, das Alter ihres Vaters auszurechnen.

„Woran er aber gestorben ist, das weisst du, hm?"

„Nein", ihre Stimme klang verzweifelt, „es steht nicht im Brief."

„Von wem ist er denn?"

„Vom Notar."

Angela fuhr sich mit einem Taschentuch über

die Augen und Theresa strich ihr tröstend übers Haar.

„Möchtest du lieber nach Hause gehen? Du hast Anrecht darauf, bei Todesfall in der Familie."

Angela nahm das Angebot an und verabschiedete sich von Theresa, die sagte, es täte ihr sehr leid, dass sie sie, weil Gaby noch nicht da sei, nicht begleiten könne, sie würde sie später, so bald wie möglich, zu Hause anrufen. Angela lief in die Garderobe im Untergeschoss, zog ihre Arbeitskleidung aus und verliess mit langsamen Schritten das Pflegeheim. Sie wusste nicht, wohin sie gehen sollte. Sofort nach Hause, das brachte sie nicht fertig. Was hätte sie Manuel sagen sollen, der nach dem gemeinsamen Frühstück am Sonntag zwar wieder in seine eigene Wohnung zurückgekehrt war, aber in dem hellhörigen Haus sicher bemerkte, wenn jemand die Haustür öffnete? Sie konnte ihn, der es selber so schwernahm, doch jetzt gerade nicht auch noch mit ihrer eigenen Geschichte belasten.

Sie lief zum See hinunter, an dessen Ufer sich das gefallene Laub der Bäume auf dem Wasser wie ein schmutziger Teppich sammelte und worin das angeschwemmte, braungraue Treibholz stakte wie glänzende, abgeschabte Riesenknochen. Sie setzte sich in der Nähe der Stelle, wo sie vor Manuel in Tränen ausgebrochen war, auf eine Bank und schloss die Augen.

Sie hatte ihren Vater und ihre Mutter nicht mehr gesehen, seitdem sie sich mit ihrem Lohn aus der Bäckerei das eigene Zimmer hatte leisten können. Sie hatte jeglichen Kontakt mit ihnen abgebrochen, sobald es ihr finanziell möglich gewesen war. Wie der Notar überhaupt die Adresse ihrer Arbeitsstelle hatte herausfinden können, war ihr ein Rätsel.

Bereut hatte sie es nie. Sie fehlten ihr nicht nach all dem, was sie ihr angetan, wozu sie sie gezwungen hatten. Ihre Mutter vor allem, obwohl Angela auch wusste, dass sie im Grunde nur das Instrument ihres Vaters gewesen war. Zu schwach, um sich selbst gegen ihn und seine Ruchlosigkeit zu behaupten und ihm zu widersprechen. Sie aber war es gewesen, die Angela zur Freigabe überredet hatte, obwohl sie sich mit jeder Faser ihres Herzens dagegen gesträubt hatte.

Der Schmerz schien sie zu zerreissen, aber es ging dann plötzlich alles sehr schnell. Wehen hatte sie in den vergangenen Wochen, die sie liegend im Krankenhausbett verbracht hatte, ständig gehabt. Nie so stark natürlich, denn sie bekam auch Medikamente, um sie einzudämmen, weil es für das getretene Kind einfach noch zu früh war, auf die Welt zu kommen, und Angela lag wochenlang in diesem Bett, wartete von morgens bis abends, spürte das Baby, wie es wild strampelte, wie es den Schluckauf bekam, der manchmal eine halbe Stunde lang andauerte ... Sogar der Zahnarzt hatte sich in die Maternité begeben und ihr eine Stunde, nachdem sie eingeliefert worden war, den ausgeschlagenen Schneidezahn wieder eingesetzt, obwohl die Chancen gleich null waren, dass er, nachdem er mithilfe einer provisorischen Spange an den anderen Zähnen befestigt worden war, wirklich noch zu retten war. Der Zahn starb dann, im Gegensatz zum Kind in ihrem Bauch, tatsächlich ab. Man entfernte später die tote Wurzel und liess die graue Hülle als Platzhalter stehen, der sich, weil ihr Oberkiefer noch im Wachsen war, mit der Zeit in ihrem Mund ziemlich quer stellte.

Ihre Mutter besuchte sie täglich im Spital, ihr Vater zum Glück nie, aber mit der Zeit begann sie, sich vor ihrer Mutter zu fürchten. Sie sprach immer nur von dem einen, dass sie das Kind loswerden müsse. Jetzt gleich oder spätestens nach der Geburt.

„Komm steh auf. Vergiss das Kind. Es ist besser für dich."

Angela drehte den Kopf weg, aber ihre Mutter liess nicht locker:

„Sei nicht so egoistisch! Denk an das Gerede im Quartier, an unsere Zukunft!"

Angela aber schloss die Augen.

„Steh auf!" Die Stimme ihrer Mutter klang bedrohlich, aber Angela tat keinen Wank. Jetzt, wo sie das Kind in ihrem Körper so deutlich spürte, wollte sie es nicht mehr verlieren. Ihre Mutter jedoch wünschte ihm den Tod, der Schande wegen, und schickte ihr die Sozialarbeiterin, die offenbar mit ihr unter einer Decke steckte und ihr ebenfalls erklärte, sie wisse aus Erfahrung, dass es für sie besser sei, das noch ungeborene Kind zur Adoption freizugeben. Sie bekomme dann eine zweite Chance, könne den leidigen Zwischenfall vergessen, ihr früheres Leben wieder aufnehmen, zur Schule zurückkehren, eine gute Ausbildung machen, einen netten Mann heiraten und dann wieder Kinder kriegen. So einfach war das. Sie solle nicht so dumm und stur sein, sich ihr eigenes Leben verderben zu wollen mit einem unerwünschten Kind. Es gebe Paare genug, die sehnsüchtig darauf warteten, endlich ein Kind adoptieren zu können, und überhaupt solle sie nicht so egoistisch sein.

Nach dem Vater des Kindes fragte sie niemand. Auch dann nicht, als sie es gebar, in der vierunddreissigsten Woche ihrer Schwangerschaft. Die Hebamme badete es, weil kein Vater da war, während der Arzt ihren Dammschnitt nähte, und dann legte sie es ihr in die Arme, dieses Wunder, das ihre Tochter war. Dieser kleine Mensch, an dem nichts fehlte, die winzigen Finger, die kleinen Füsse, die zarten Öhrchen, das Stupsnäschen, der weiche Flaum auf dem Kopf, die dunkelblauen Augen und Angelas Wangengrübchen. Eine Stunde hielt sie es, ihr Fleisch und Blut, das sie offiziell Luzia nannte, bevor es weggebracht wurde, in ihren Armen, obwohl das nicht vorgesehen war, aber weil die Hebamme Mitleid mit ihr hatte. Stillen durfte sie es nicht, weil sie bereits eine Hormonspritze bekommen hatte, um den Milcheinschuss zu verhindern. Ihre kleine Tochter aber steckte den Daumen in den Mund, nuckelte zufrieden und schlief geborgen an ihrer Brust.

Erst viel später erfuhr Angela einmal durch Zufall, dass die Adoption erst acht Wochen nach der Trennung in Kraft trat und dass sie ihre Einwilligung, die sie unter dem grossen Druck, der auf ihr lastete, schliesslich gegeben hatte, vor Ablauf dieser Schutzfrist, wie man sie nannte, noch hätte rückgängig machen können.

„Es ist tot. Hörst du? Es hat nie existiert und ich verbiete dir, mit einem Menschen darüber zu sprechen. Im Quartier haben wir erzählt, du hättest eine schwere Blinddarmentzündung gehabt, der Eiter sei in deinem Bauch geplatzt und du hättest nun wochenlang auf der Intensivstation um dein Leben gekämpft." Das waren die Worte ihrer Mutter, als sie sie, vier Tage nach ihrer Entbindung, am späten Abend im Spital abholte und sie in der Dunkelheit nach Hause brachte.

Die Tage und Wochen, die darauf folgten, hatte Angela nur noch schwach in Erinnerung. Sie weigerte sich, in die Schule zurückzukehren, verbrachte ihre ganze Zeit in ihrem Zimmer, erschien nur zum Essen, verkroch sich völlig in sich selber, fühlte sich wie in einem schwarzen Loch, in das sie tiefer und tiefer fiel, hilflos, haltlos, bis ihr trauriges Gesicht ihrer Mutter auf den Geist ging und sie sie aus dem Haus, an die frische Luft, scheuchte. So setzte sich Angela tagelang auf den kleinen Dorffriedhof, dort, wo die Kindergräber waren, und versuchte sich vorzustellen, ihr Neugeborenes liege dort. Weil es aber keines gab, das Luzia hiess, nahm sie den Bus und fuhr bis zum nächsten Dorf und zum nächsten Friedhof, aber Kinder mit diesem Namen schienen nicht oft zu sterben. Auf ihrer vergeblichen Suche, und weil sie sich etwas zu essen kaufte, sooft es mit ihrem Taschengeld möglich war, stiess sie dann in der am nächsten gelegenen Stadt eines Tages auf das Inserat in der Bäckerei, die nahe beim grossen Seefriedhof lag und wo eine Aushilfe gesucht wurde. Es gab zwar auch auf diesem weitflächigen Friedhof keine kleine Luzia, die gestorben war, aber Angela redete sich nun ein, ihre Tochter sei als Frühchen und Totgeburt zur Welt gekommen und habe kein Recht auf ein eigenes Grab gehabt. Wolf Sandmann schien ein treffender Name zu sein für einen Greis, in dessen Armen ein geraubtes Engelchen schlief. Die ganze Zeit über, wenn keine Kunden in die Bäckerei kamen, redete sie sich ein, Luzia sei tot, murmelte es still vor sich hin, leierte es hinunter, wenn es niemand hörte, weil sie hoffte, dass sie es irgendeinmal wirklich glauben und endlich das neue Leben, das ihr alle versprochen hatten, beginnen konnte. Luzia aber leuchtete weiter, wollte nicht sterben in ihrem Herzen, so sehr sie sich auch darum bemühte.

Jemand berührte sanft ihre Schulter und sie schreckte auf. Theresa stand vor ihr und sagte, sie hätte vom Fenster des Stationsbüros aus gesehen, wie sie Richtung See statt Richtung Villenquartier gelaufen sei, und da habe sie sich Sorgen gemacht, Gaby, die endlich eingetroffen war, kurzerhand als Stellvertreterin eingesetzt und sei ihr nachgegangen.

Angela blieb stumm und Theresa setzte sich neben sie.

„Du bist sicher sehr traurig."

„Ja."

„Das kann ich verstehen."

„Nein, das kannst du nicht."

Theresa schwieg betroffen, bis Angela erklärte:

„Ich trauere nicht um meinen Vater."

„Um wen denn?"

„Um meine Tochter Luzia."

Theresa blickte sie erschrocken an.

„Luzia? Du hattest eine Tochter, die Luzia hiess? Ach, jetzt versteh ich, warum dieser Name eine ganz besondere Bedeutung für dich hat."

„Ich gebar sie, als ich sechzehn war, und meine Eltern zwangen mich, sie zur Adoption freizugeben."

Theresa blickte sie entgeistert an.

„Und was ist mit deinem Vater?"

„Er trat mich in den Bauch, als er merkte, dass ich schwanger war. Bei dem … Unfall schlug ich mir den Zahn aus."

Theresa schloss kurz die Augen und atmete hörbar durch.

„Theresa, du bist der erste Mensch in meinem Leben, dem ich das erzähle."

Theresa lächelte schmerzlich, legte ihr die Arme um die Schulter und drückte sie an sich.

Sie redeten eine lange Weile nichts mehr und blickten auf den See hinaus, auf dem in der Ferne ein paar winzige Segelschiffe der örtlichen Segelschule wie Nussschalen auf der ruhigen, windstillen Oberfläche schaukelten.

Der Termin beim Zahnarzt war leicht zu bekommen und der Empfang in der Praxis geradezu herzlich. Der Arzt machte Röntgenaufnahmen von Angelas Oberkiefer, versicherte ihr, eine Zahnprothese sei in der heutigen Zeit etwas völlig Unproblematisches, und da es sich um ein Implantat im Frontzahnbereich handle, könne er ihr sogar ein Sofortimplantat vorschlagen. Der Kostenvoranschlag, den er ihr zwei Wochen später schickte, war dann sogar weniger hoch, als Angela befürchtet hatte, und das Geld vom Erbe ihres Vaters hätte sogar zum Implantieren mehrerer Zähne gereicht.

Manuel hatte Angela nichts vom Brief des Notars mitgeteilt, obwohl er seit der Nacht, in der er ihr von Nataschas Krankheit erzählt hatte, viel öfter bei ihr in der Wohnung auftauchte, auch dann, wenn es nicht Zeit war, die Zwillinge zu hüten. Über die Magersucht seiner verstorbenen Tochter sprachen sie nicht mehr, aber manchmal erzählte er ihr Anekdoten aus der Zeit, als sie noch ein kleines Mädchen gewesen war, und einmal brachte er Angela ein Photo von ihr, und sie stellte es auf das alte Büffet seiner Eltern, das in der Stube der Dreizimmerwohnung stand.

Anfang Dezember erfuhr Angela, dass sie dieses Jahr im Gegensatz zum Vorjahr über Weihnachten im Pflegeheim unbedingt gebraucht wurde. Sie bat deshalb Manuel, sich auch während dieser Ferien um die Kinder zu kümmern, obwohl sie eigentlich das Gefühl hatte, dass er es wahrscheinlich selber vorgeschlagen hätte. Sie sah doch seit Monaten, wie gern er sich mit ihren Buben abgab, manchmal beinahe selber wieder ein kleiner Junge zu werden schien, sich im Spiel mit ihnen völlig vergessen und übermütig mit ihnen herumtollen konnte.

Zwei Wochen vor Weihnachten fuhr Manuel mit den Buben ins Gartenzentrum und zusammen wählten sie eine kleinere Edeltanne aus, die in einem riesigen Topf mit Erde steckte. Sie stand zuerst etwas verloren neben den Obstbäumen mit ihren langen dürren Ästen, und so schleppten sie sie, als kurz vor Heiligabend der erste Schnee fiel, zu dritt mit Ach und Krach in Manuels Wohnung hinauf. Dort schmückten sie sie mit dem uralten Christbaumschmuck, den Manuel noch von seinen Eltern hatte und der in Kisten voller Holzwolle im Keller unten verstaut war.

Am 24. Dezember arbeitete Angela den ganzen Tag über, denn im Heim unterschied sich ein Festtag nicht sonderlich vom Alltag, obwohl auf jedem Stock ein Weihnachtsbaum aus Plastik stand, der mit künstlichen Kerzen und ein paar kläglichen Streifen Lametta geschmückt war, und in der Eingangshalle, die zwischendurch auch als Esssaal diente, von morgens bis abends Weihnachtslieder abgespielt wurden. Es gab zwar ein besonderes Weihnachtsessen, Kalbsbraten an Morchelsauce mit grünen Bohnen, Karottensternen und Wildreis sowie Vanilleglace mit heisser Himbeersauce, aber für die Heiminsassen änderte das nicht sehr viel. Frau Kempners Tablett enthielt fünf verschiedenfarbige Pürees statt vier, Frau Zürcher wetterte über den unfähigen Heimkoch, der schuld daran war, dass die blöden Kerne der mit eklig künstlichem Zucker gesüssten Himbeersauce unter ihrem Gebiss stecken blieben, die schwerhörige Frau Widmer klagte todtraurig, es sei doch schade, dass nicht einmal ein bisschen Weihnachtsmusik abgespielt würde an diesem Festtag, und Frau Joss weinte, weil es ihr aus Sicherheitsgründen nicht erlaubt war, die wunderschöne, herrlich duftende Kerze aus Bienenwachs, die ihr ein Enkel ein paar Tage vorher als Geschenk mitgebracht hatte, in ihrem Zimmer anzuzünden.

Die Anzahl Bewohner war über die Festtage ausserdem ein wenig geschrumpft, denn Frau Broemel verbrachte sie bei ihrer Tochter und Frau Miesmer war, zur Erleichterung des ganzen Pflegepersonals, bereits Anfang Dezember aus dem Heim ausgezogen und wieder zu ihrer Tochter zurückgekehrt, die nach ihrem schweren Unfall inzwischen wenigstens an Krücken gehen konnte. Und so sassen auch die übrigen Bewohner, Herr Affentranger, dessen Zittern an jenem Tag noch stärker war als sonst, Luzia Ramseier, Herr Benjamin und der blinde Herr Stadler, sehr still und sehr traurig im improvisierten Esssaal, bis es endlich erlösend einnachtete und alle für ihre Nachtruhe in ihre Zimmer zurückgefahren oder geführt wurden. Für die auf sechs Uhr abends vorverlegte Mitternachtsmesse, die in der kleinen Hauskapelle abgehalten wurde, waren alle zu müde, ausser Herrn Lindt, der sich geweigert hatte, mit all diesen anderen Alten gemeinsam im Aufenthaltsraum zu essen, der Heiminsassen und Pflegepersonal ein gottloses Pack schimpfte und mit einer Bibel auf dem Rollator und feuchten Hosen zur Hauskapelle schlurfte.

Angela war dann gegen sieben Uhr abends wirklich froh, dass sie endlich durch das dichte Schneetreiben nach Hause stapfen konnte, wo die Kinder und Manuel sie ungeduldig erwarteten, mit den am Herd etwas stark gerösteten Kastanien, dem zähen, aber würzigen Käsefondue und den leckeren Zimtsternen, die himmlisch schmeckten, obwohl man beim Hineinbeissen etwas vorsichtig sein musste, damit einem die harten, spitzen Splitter der Zuckerglasur nicht im Zahnfleisch stecken blieben, weil sie von Samuel und Emanuel bereits vor dem Backen aufgetragen worden war. Nach dem Essen durften die Kinder ihre Geschenke auspacken und waren ganz aus dem Häuschen über die tollen zwei Velos mit den Stützrädern, die Manuel bereits vor Wochen ganz im Geheimen für sie ausgesucht hatte. Am Erstauntesten aber war Angela, die, nachdem sie die Kinder mit zwei Bobschlitten aus Plastik und Manuel mit einem Gutschein für einen Feigenbaum aus dem Gartenzentrum beschenkt hatte, mit offenem Mund das silbrig-blaue Damenvelo mit Einkaufskorb enthüllte, das er für sie gekauft und im Keller unter ein paar dicken alten Wolldecken versteckt hatte und wofür er sie mit geheimnisvoller Miene in den Keller geführt hatte. Sie freute sich sehr über das Fahrrad, getraute sich aber nicht, Manuel zu gestehen, dass sie noch nie im Leben geradelt war.

Es lag dann auch noch mehrere Wochen lang Schnee auf den Strassen, nicht sehr viel, aber für

Radeltouren eigneten sich nicht einmal die Quartierwege, weil sie meist vereist und gefährlich glatt waren. Kaum wurde es aber im März langsam wärmer, schlug Manuel vor, sie könnten doch zu viert eine kleine Tour machen, denn er hätte ja selber auch noch sein eigenes altes Rad, das er schon seit einer Ewigkeit nicht mehr benutzt hatte. Nun konnte Angela Manuel nicht länger verheimlichen, dass sie noch nie auf einem Zweirad gesessen war, aber Manuel lachte nur etwas erstaunt, meinte, das sei doch absolut kein Problem und sie würde es bestimmt so schnell lernen wie ihre Zwillinge, die bereits nach kürzester Zeit halsbrecherisch frech und ohne Stützräder auf dem Trottoir vor dem Haus herumkurvten. Tatsächlich wagte sich Angela eines Morgens auf das silbrig-blaue Schmuckstück, wackelte unsicher und unter dem Gelächter der Zwillinge vom Briefkasten bis zu den ersten blühenden Forsythien der Nachbarstrasse, wo sie zu spät bremste, über den Lenker fiel und mit der Nase in der gelben Pracht landete, sich darauf lachend den Blütenstaub aus dem Gesicht wischte, einen neuen Anlauf nahm und unter dem dicken Applaus von Manuel wieder bis zum Gartentor zurückfuhr, wo ihr die Kinder begeistert einen schmatzenden Kuss auf die noch leicht gelb bepuderte Nase drückten.

Ein paar Tage später fuhren sie zum ersten Mal miteinander an den See, und obwohl Angela danach völlig erschöpft ins Bett fiel, war es der schönste Ausflug überhaupt in ihrem Leben. Von jenem Tag an fuhr sie, ausser wenn das Wetter ganz schlecht war, jeden Tag mit dem wunderschönen silbrig-blauen Rad zur Arbeit, erfreute sich daran, wie schön der metallene Lenker in der Sonne glänzte, wie hell und fröhlich die Klingel tönte, die sie manchmal aus lauter Freude am Klang betätigte, wenn niemand in der Nähe war, wie erfrischend der noch etwas kühle Märzwind ihr Haar durchkämmte und wie herrlich das blühende Narzissenfeld in der Nähe des Sees duftete, wofür sie an manchem Morgen in aller Frühe extra einen kleinen Umweg machte, bevor sie Richtung Pflegeheim fuhr.

Es wurde bald richtig Frühling und Manuel machte sich daran, mit den Zwillingen und manchmal mit Angela, wenn sie einen freien Tag hatte, den wilden Garten zu zähmen. Er entfernte die verdorrten Äste an den alten Kirschbäumen, stutzte den Apfelbaum, schnitt die Kletterrosen, die rund um den Garten wuchsen und ihre Ranken weit über die Mauer auf die Strasse streckten, pflanzte den jungen Feigenbaum, den er sich von Angelas Gutschein gekauft hatte, jätete stundenlang den völlig mit Unkraut überwachsenen

Platz, an dem seine Eltern früher die Beete für Salat, Bohnen, Tomaten und Kartoffeln bestellt hatten, und legte auf Wunsch der Zwillinge sogar einen kleinen Gartenteich an, über dem tagsüber nach kurzer Zeit die Libellen schwebten, während die kleinen Frösche, die sich dort spontan ansiedelten, nachts so laut quakten, dass Manuel jeweils ein paar als Wurfgeschosse in die Wohnung hinaufgebrachte Kieselsteine aus dem Fenster werfen musste, damit endlich wieder Ruhe herrschte. Eigentlich störten sie ihn aber nicht wirklich, denn es war ihm lieber, von einem Geräusch draussen am Schlafen gehindert zu werden, als sich mit seinen eigenen Gedanken davon abzubringen.

Er fing an, weitere Pläne für den Garten zu schmieden, und nahm sich auch vor, bestimmt eines Tages einen grösseren Kaninchenverschlag zu zimmern, um den Zwillingen vielleicht doch irgendeinmal die Freude zu machen, die Geburt putziger Kaninchenbabys mitzuerleben. Auch die Weihnachtstanne im Topf bekam nun einen richtigen Platz im Garten, nahe beim Eingang, und als er das grosse Loch dafür gegraben hatte, ertappte er sich dabei, dass er nicht nur vom ersten Spatenstich an, sondern überhaupt seit dem ganzen Morgen nicht an Natascha gedacht hatte. Auch an seine Arbeit bei der Feuerwehr erinnerte er sich wieder und er nahm sich vor, sie baldmöglichst wieder aufzunehmen, denn die Versicherung zahlte längst kein Taggeld mehr und seine Ersparnisse gingen langsam zur Neige. Sein Entschluss aber war gefasst, und nichts würde ihn davon abbringen, selbst wenn er nach seiner langen Abwesenheit wieder ganz unten anfangen musste. Wie es aber zu organisieren war, wenn er als Tagesvater für die Zwillinge ausfiel, das war ihm noch schleierhaft. Er beschloss deshalb, seinen Groll gegen die Nonna zu begraben, denn in seinem tiefsten Innern wusste er schon immer, dass sie keine Schuld trug an dem, was geschehen war. Eines Tages, vielleicht wenn sie erwachsen gewesen wäre, hätte Natascha es wahrscheinlich doch erfahren, dass ihre eigene Mutter sie verlassen hatte. Er hätte es ihr nicht ihr Leben lang verheimlichen können.

14

Angela gefiel sich sehr mit ihrem neuen Zahn, den ihr der Arzt nach kurzer Zeit einsetzte. Ihr Lächeln wirkte ganz anders und sie musste sich am Tag nach der Operation, als die Schmerzen und die leichte Schwellung ihrer Oberlippe, zu denen der Eingriff zwangsweise geführt hatte, dank des fleissigen Auflegens von Eis ganz abgeklungen waren, immer wieder im Spiegel anschauen. Samuel aber fragte sie, als sie mit dem Implantat nach Hause kam, ob ihr der liebe Gott nun doch noch einen geraden weissen Zahn geschenkt habe und ob Theresa vielleicht jetzt auch zwei neue Finger geschenkt kriegen werde. Über Angelas Erklärung, den habe sie sich eben nur beim Zahnarzt gekauft, war er dann richtig enttäuscht. Manuel hingegen, der bei ihnen zum Abendessen erschien, war auch erstaunt, wie verändert Angelas Gesicht plötzlich war. Erst als Angela, die ihn zuerst nur verschmitzt angestrahlt hatte, ihm schliesslich vorsichtig ihr allerschönstes Lächeln schenkte, realisierte er, wo die Veränderung herrührte, und er sagte ihr mit einem Augenzwinkern, der neue Zahn stehe ihr hervorragend.

„Hast du im Lotto gewonnen?", versuchte er daraufhin zu scherzen, aber Angelas Gesicht verdüsterte sich etwas und sie erklärte ihm, dass sie es mit dem Erbe ihres Vaters bezahlt habe. Er fragte dann natürlich, warum sie all die Jahre lang damit gewartet hatte, es anzubrauchen, und sie erklärte ihm:

„Ich habe dir bereits gesagt, dass Herr Sandmann nicht mein Vater war. Mein richtiger ..." Das Wort blieb ihr beinahe wie ein Kloss im Halse stecken und sie hob erneut an:

„Mein richtiger Vater starb vor acht Monaten, und den Zahn habe ich mir von seinem Geld geleistet, weil er daran schuld war, dass ich ihn verlor, als ich sechzehn war." Manuel verstand sie nicht, und nun holte sie endlich aus und erzählte ihm, ohne die Fassung zu verlieren, die ganze Geschichte vom Fusstritt bis zu ihrem seltsamen Ritual, das sie sich jahrelang willentlich anerzogen hatte.

Manuel konnte es nicht glauben, aber nun verstand er plötzlich, warum Angela vor Monaten unten beim See vor ihm in Tränen ausgebrochen war.

„Weisst du denn überhaupt nicht, was aus deinem Kind geworden ist? Wer es adoptiert hat?"

Angela schüttelte traurig den Kopf und sagte leise, im nächsten Monat würde ihre Luzia dreizehn Jahre alt. Da nahm sie Manuel einfach in seine Arme, drückte sie fest an sich und vergrub sein Gesicht in ihrem weichen Haar.

Im Pflegeheim bekam Angela auch viele Komplimente von Gaby, Sophie, Helga und Theresa, die einstimmig erklärten, das Implantat gebe ihrem Lächeln einen ganz neuen Reiz. Angela entschloss sich daraufhin, sich von dem geerbten Geld endlich auch eine Garnitur neuer Arbeitskleidung zu leisten, damit sie darauf verzichten konnte, den Gürtel eng zu schnallen, weil die Grösse XXL ihr nun wirklich nicht mehr passte. Anrecht auf bezahlte neue Arbeitskleidung hatte sie nämlich erst nach zwei Jahren. Als sie sich dann, mit den neuen Hosen und dem neuen Kasack der Grösse XL bekleidet, im grossen Spiegel anblickte, mit dem die eine Tür des grossen Kleiderschranks in ihrem Zimmer ausgestattet war, gefiel sie sich zum ersten Mal in ihrem Leben von Kopf bis Fuss.

Die beiden bettlägerigen Frauen, die mit Desiree im fünften Stock das Zimmer teilten, waren zu schwach, um selber essen zu können, und Angela, die nun häufiger auf diesem Stock aushelfen musste, half ihnen oftmals dabei. Desiree brauchte diese Hilfe nicht, weil sie mit einer Magensonde ernährt wurde, aber Angela schaute, wann immer es möglich war, interessiert zu, wenn sich Isabel darum kümmerte. Die Mängel in Bezug auf die Hygiene, die Angela in diesem Stock zu Anfang aufgefallen waren, schienen inzwischen behoben worden zu sein. In den anderen Zimmern hatte es nämlich ähnlich streng gerochen und die paar wenigen Angehörigen, die ihre alten Verwandten regelmässig besuchten, hatten sich bei der Heimleitung darüber beschwert, worauf im ganzen Heim ein Audit durchgeführt worden war und darauf Missstände erfolgreich erkannt und behoben wurden.

Die Mutter von Desiree kam täglich und oftmals hörte Angela, wenn sie gerade im Zimmer zu tun hatte, wie sie ihrer Tochter auch leise Lieder vorsang, dabei ihre verkrampften Glieder sanft massierte, und einmal sah sie sogar, wie sie einen riesigen Blumenstrauss brachte, der mit seinem wunderbaren Duft den ganzen Raum ausfüllte.

„Denken Sie, dass sie es auch riechen kann?", fragte Angela deshalb vorsichtig.

„Ich weiss es nicht, aber ich hoffe es, und ausserdem ...", sie hielt inne, „ausserdem ist heute ihr Geburtstag."

Angela blickte sie derart betroffen an, dass Desirees Mutter ergänzte:

„Ja, wirklich, sie wird heute dreizehn."

Angela fühlte sich plötzlich unwohl, aber sie

wollte nicht, dass Desirees Mutter es ihr anmerkte, und schnupperte schnell an dem schönen Strauss.

„Waren das ihre Lieblingsblumen?"

„Ja, sie mochte es, wenn es so bunt war. Auch wenn sie zeichnete, früher mein ich, verwendete sie gerne kräftige Farben."

Desiree regte sich plötzlich, ihr ganzer Körper zuckte und Angela blickte erschrocken zu ihrer Mutter, die ihr beruhigend sagte:

„Das kommt manchmal vor. Bei Angst oder Freude zum Beispiel, so heisst es jedenfalls. Die Ärzte haben uns schon gleich nach dem Unfall darüber aufgeklärt. Das Gehirn kann diese Spasmen nicht steuern."

Angela wandte ihren Blick wieder zu Desiree, aber als sie jetzt in ihr Gesicht blickte, wurde sie kreidebleich, wankte beinahe und umklammerte krampfhaft die Gitterstäbe am Fussende des Bettes.

„Ist Ihnen nicht gut?", fragte Desirees Mutter besorgt, und fügte beruhigend bei:

„Wissen Sie, so schlimm, wie's aussieht, ist es wohl nicht. Ich habe mich aber auch zuerst daran gewöhnen müssen."

Angela aber nickte und entschuldigte sich, sie fühle sich wirklich nicht sehr wohl, und flüchtete beinahe aus dem Zimmer.

Zufall war das. Nichts als Zufall. Angela wiederholte es ständig, als sie auf die Toilette stürzte und sich zitternd einschloss, weil sie nicht wusste, wo sie sich sonst hätte verbergen können. Es gab massenhaft Mädchen, die an diesem Dienstag, dem 8. Mai, Geburtstag hatten. Das bedeutete rein gar nichts. Die Mutter von Desiree hatte keine Wangengrübchen, aber ihr Vater, der hatte sie bestimmt, oder dann die Grossmutter, der Grossvater, der Onkel, die Tante. Es konnte nicht sein. Nein. Wie konnte sie sich das nur vorstellen. Angela schüttelte den Kopf und atmete tief durch, schloss die Tür wieder auf und wusch sich die Hände am Lavabo, obwohl sie nicht auf der Toilette gewesen war. Dann schaute sie in den Spiegel, in ihr Gesicht, in ihre Augen, auf ihre Augenbrauen, ihre Nase, ihre Lippen, ihre Ohren, ihr blondes Haar, und traute sich plötzlich nicht mehr zu lächeln.

In den folgenden Tagen war Angela sehr still. Mit den Zwillingen sprach sie sehr wenig und auch gegenüber Manuel verhielt sie sich schweigsamer als gewöhnlich. Selbst als er sie darauf ansprach, versicherte sie ihm, es sei nichts, ausser vielleicht doch der verspätete Schock über den Tod ihres Vaters, ja, und sie denke auch darüber nach, was mit ihrer Mutter geschehen war, ob sie sich verändert hatte in all den Jahren und jetzt, nach dem Tod ihres Mannes. Ob sie vielleicht bereute, was sie ihr vor dreizehn Jahren angetan hatte?

„Würdest du ihr verzeihen?", fragte Manuel sie.

„Ich weiss es nicht. Diese Frage habe ich mir nie gestellt."

„Ich glaube, ich habe der Nonna verziehen ... das heisst, eigentlich war ich selber im Unrecht", sagte Manuel leise. „Es bringt nichts, anderen die eigene Schuld in die Schuhe zu schieben."

„Die eigene Schuld?"

„Die Schuld ... meine Schuld, dass Natascha tot ist."

„Es ist nicht deine Schuld."

„Doch."

„Nein, es kamen viele Umstände zusammen."

„Ich habe Fehler gemacht."

„Das macht jeder Mensch."

„Ich habe sie von den andern abgeschottet, wollte sie beschützen, sie nur für mich haben. Sie durfte nur meine Tochter sein, nichts anderes."

„Du hast sie geliebt."

„Ich habe sie in meiner Liebe gefangen gehalten und weggestossen, als sie zur Frau wurde. Dabei hatte sie doch nur mich."

„Dass sie ihre Mutter nicht mehr hatte, dafür

konntest du nichts."

„Fürs andere schon."

„Vielleicht waren es Fehler, aber daran kannst du jetzt nichts mehr ändern."

„Was soll ich denn machen?"

„Dir selber auch verzeihen, wie der Nonna."

In den darauf folgenden Wochen des Monats Mai regnete es beinahe ununterbrochen und auch im Juni war es so feucht, dass die Kulturen mancherorts verschimmelten. Erst Anfang Juli wurde es dann mit einem Schlage sehr heiss und sogar Manuel und Angela setzten sich an manchem Abend zu den Kindern ins Schwimmbecken und planschten mit den Buben um die Wette, um sich etwas abzukühlen. Während der eigentlichen Hundstage machten sie zwischendurch auch einen kleinen Abstecher Richtung Seeufer, bis ihnen die Entenflöhe das Vergnügen verdarben. Manuel meinte zwar, man könne dem juckenden Ausschlag vorbeugen, wenn man sich nach dem Baden kräftig mit dem Badetuch abrubble, bevor die unsichtbaren Flohlarven sich in die Haut bohrten, aber Angela zog es vor, nach der ersten Nacht mit den weinenden, von Kopf bis Fuss mit roten Pusteln übersäten und sich bis aufs Blut kratzenden Kindern im kühlen Garten zu bleiben, statt das Risiko eines erneuten Flohbefalls einzugehen. Die Angst vor diesen Parasiten war aber nicht der einzige Grund, der Angela davon abhielt, nochmals am See baden zu gehen. Als sie nämlich am Abend, an dem der Ausschlag die Kinder gegen Mitternacht heimsuchte, am unbewachten Badestrand ein schönes Plätzchen gefunden hatten, wo das Schilf sie etwas vor den Blicken der anderen Badefreudigen abschirmte und ihnen ein bisschen das Gefühl gab, in ihrem geschützten Garten zu sitzen, hörte sie, als Manuel gerade mit den Zwillingen im Wasser war, ein Geschrei, das von einer Familie herrührte, die sich etwa hundert Meter weit entfernt von ihrem Platz auf der Wiese niedergelassen hatte und offenbar aus einer sehr dicken schwarzhaarigen Frau, die unbeteiligt auf den See blickte und ein Eis schleckte, einem auf sie einschreienden Mann und zwei grossen blonden Mädchen, die sich lautstark und sehr gehässig um irgendetwas stritten, bestand. Die Stimmen erkannte Angela sofort, obwohl sie sie aus der Entfernung nur verzerrt wahrnehmen konnte, aber sie hatte nicht die geringste Lust, von Benno, seinen zwei Mädchen und seiner neuen Freundin gesehen zu werden. Sie duckte sich wieder hinter das Schilf, legte sich auf ihr Badetuch, wartete geduldig, bis Manuel mit den Kindern zurückkam, und schlug vor, an diesem

Abend etwas früher nach Hause zu gehen, weil sie grosse Lust hatte, ihnen allen eine Freude zu machen und eine herrliche Götterspeise mit einem Riesentupf Schlagrahm und frischen Himbeeren zuzubereiten, die sie dann alle zusammen unter dem Kirschbaum und bei Kerzenlicht genüsslich aus der Dessertschale löffeln würden. Die Kinder waren hell begeistert, packten ihre Sachen zusammen und rannten beinahe davon, sodass Manuel und Angela, die sich nicht mehr weiter umblickte, ihnen fast hinterherspringen mussten.

Der erste Schultag für Samuel und Emanuel nahte. Angela hatte gerade selber einen Ausbildungstag und konnte nicht freinehmen, aber sie wusste, dass sie auf Manuel zählen konnte. Die Jungen waren wahnsinnig aufgeregt, weil sie nun endlich auch zu den Grossen gehören sollten. Schon Wochen vorher hatten sie mit Manuel, der ihnen unbedingt die Ranzen hatte schenken wollen, die Auslagen im Supermarkt in der Stadt durchstöbert, in den sie sonst nie gingen.

Riesengross hingen die breiten, farbigen Schultaschen mit den soliden Trageriemen nun an ihren schmalen Rücken, als sie sich, zur Feier des Tages in gleichen Kleidern, mit Manuel in ihrer Mitte, stolz dem Schulhaus näherten, wo sie in die erste Klasse gehen sollten. Die verantwortliche Lehrerin begrüsste sie mit einem sympathischen Lächeln und sagte, nachdem sie die beiden eineiigen Zwillinge nach ihren Namen gefragte hatte, verschmitzt zu Samuel und Emanuel, da müsse sie wohl ihren Papa darum bitten, ihr sein Geheimnis zu verraten, um die beiden voneinander unterscheiden zu können.

„Ich bin nicht ihr Vater", stellte Manuel schnell klar.

„Er ist Feuerwehrmann", erklärte Samuel gleich voller Stolz, bevor die Lehrerin etwas erwidern konnte.

„Und er hat einen Labrador und zwei Kaninchen", ergänzte Emanuel.

„Und er schläft manchmal mit unserem Mami im Bett."

Manuel schaute Samuel streng an und wollte gleich zum Tadel ausholen, aber die Lehrerin, die ihr Lachen hinter ihrer Hand verbarg, meinte einfach, es sei nun wohl für alle Kinder an der Zeit, im Schulzimmer Platz zu nehmen und sich von den Grossen zu verabschieden. Manuel bückte sich zu den beiden Buben hinunter, bekam einen dicken Kuss auf jede Wange, drückte sie kurz an sich, verliess das Schulzimmer, das nach Bohnerwachs und

Wasserfarbe roch, zusammen mit den anderen Erwachsenen, von denen sich einige verstohlen die Augen wischten, und sah noch durch die grossen Fenster hindurch, wie die Zwillinge ihm strahlend nachwinkten, während die Fragen in seinem Kopf plötzlich wie ein Sturzbach auf ihn einstürzten.

Wer war er eigentlich? Er, Manuel? War er wirklich nur noch der depressive Vater, der seine Tochter verloren hatte? Der früher hochgeschätzte Feuerwehrmann, der nun aber schon seit beinahe zwei Jahren krankgeschrieben war und den ihm zustehenden Posten ein für alle Mal verloren hatte? Wollte er sich weiterhin dieser Selbstzerfleischung hingeben, die ihn nur in den Abgrund führte? Wollte er denn nicht sehen, dass in seinem Haus zwei Buben glücklich waren? Dass sie gerne mit ihm zusammen spielten und herumtollten? Dass sie ihn grenzenlos bewunderten und zu ihm aufblickten? Dass er ihnen fast zum Vater geworden war? Dass sie es für ganz selbstverständlich hielten, dass er manchmal das Bett mit Angela teilte? Und Angela? War sie einfach nur ein lieber Mensch, der gut zuhören konnte? War sie ihm denn nicht viel mehr? Manuel lief an seinem eigenen Haus vorbei, verliess den Glyzinienweg und suchte im Labyrinth der vielen kleinen Seitenwege, die von dort nach links und rechts abzweigten, nach dem Malvenweg, durch den er schon seit vierzehn Jahren nicht mehr gegangen war. Noch bevor er an der gusseisernen Glocke beim Gartentor läutete, sah er sie, wie sie mit einem Pinsel in der einen und einem Topf Farbe in der anderen Hand gerade das Gitter zum Hühnerstall aufstiess und das aufgeregt gackernde Federvieh in den Garten liess. Das helle Gebimmel der Glocke war nicht sehr laut, aber die Nonna hörte es sofort, drehte sich um und erkannte ihn gleich wieder. Manuel aber war erstaunt, wie alt sie nun mit ihren weissen Haaren und dem faltigen Gesicht wirkte. Nur ihr gütiges Lächeln hatte sich nicht verändert.

„Das ist aber eine Überraschung", sagte sie einfach.

„Natascha ist tot."

„Ja, Manuel", sagte sie sanft, „das weiss ich doch. Das ganze Quartier weiss es, auch wenn du den Kontakt zu allen abgebrochen hast. Ich bin oft an ihr Grab gegangen und hab ihr Blumen hingelegt."

„Es tut mir leid."

Die Nonna blickte ihn erstaunt an.

„Was denn?"

„Dass ich sie … von dir weggerissen habe, als

sie drei war."

„Du hattest eine schwere Zeit damals."

„Ich war eifersüchtig."

„Das wusste ich."

„Sie ist zu dir zurückgekehrt."

„Nur einmal, viel später, in der Nacht. Sie war ganz verzweifelt."

„Sie war kein Kind mehr."

„Sie war eine hübsche junge Frau geworden."

„Sie sah Carmen ähnlich."

„Ich weiss, und sie fragte mich nach ihr."

„Ich hatte es ihr nie gesagt."

Nonna blickte ihn jetzt ganz erstaunt an:

„Das wusste ich nicht."

„Es war ein Fehler, es nicht zu tun."

„Wir machen alle Fehler."

„Ich möchte dich um etwas bitten."

„Ja?"

„Möchtest du wieder Tagesmutter werden, also nur für die Zeit nach der Schule, für die Zwillinge meiner …", Manuel zögerte etwas, „meiner Freundin Angela, die bei mir im Haus wohnt?"

„Ich bin nicht mehr die Jüngste, jetzt", sagte Nonna, aber Manuel schien es zu überhören und erklärte weiter:

„Ich habe mich bis anhin um die beiden ge-kümmert, aber ich möchte wieder arbeiten nach dieser langen Zeit, und ich weiss, dass sie bei dir gut aufgehoben wären."

„Wie alt sind sie denn, die Kinder?"

„Sieben, gehen seit heute in die erste Klasse und … es sind zwei ganz aufgeweckte, liebe Kerlchen."

Jetzt konnte Nonna nicht mehr Nein sagen. Sie willigte ein, versuchsweise auf jeden Fall, weil sie nicht sicher war, ob sie es in ihrem Alter noch schaffen würde. Da es sich aber nicht ums Hüten während eines ganzen Tags handelte und die Kinder schon im vernünftigen Alter waren, war sie eigentlich recht zuversichtlich. Dem Manuel aber wollte sie die Chance geben, es wieder gutzumachen.

Desirees Mutter war um die Essenszeit gekommen, und während sie die steifen Glieder ihrer Tochter mit duftendem Öl massierte, sagte sie zu Angela, die gerade dabei war, einer der beiden Bettlägerigen das Essen einzugeben, sie nähme sie eigentlich lieber nach Hause, ihre Tochter. Sie und ihr Mann seien daran, alles vorzubereiten, damit sie ihre Desiree bei sich zu Hause selber pflegen könnten. Sie würde nur noch Teilzeit arbeiten, und auch ihr Mann würde seine Arbeitszeit reduzieren, um für seine Tochter da zu sein. Sie wieder in die

Rehabilitationsklinik zurückzubringen, wo sie mit verschiedenen Therapien gefördert wurde, war ihnen aus finanziellen Gründen nicht möglich. Die Krankenkasse zahlte nach einem Jahr nur noch für den Aufenthalt im Pflegeheim, weil sich Desirees Zustand ihrer Meinung nach nur noch verschlechtern konnte. Sie und ihr Mann aber, sie würden sich nicht entmutigen lassen und darum kämpfen, ihre Tochter wieder richtig ins Leben zurückzubringen. Zu Hause würden sie dann später versuchen, ihre Tochter wieder mit dem Löffel statt mit der Magensonde zu ernähren. Es brauche einfach viel mehr Zeit und Geduld, aber es war möglich, das wussten sie von anderen Leuten, die Angehörige im Wachkoma hatten. Überhaupt werde ein Mensch in diesem Zustand in einer natürlicheren Umgebung eher stimuliert als auf der totenstillen Pflegeabteilung, wo höchstens mal eine Insassin schnarchte. Zu Hause hätten sie auch eine Katze und einen Hund und ausserdem sei da auch Desirees quicklebendiger kleiner Bruder, der für Leben im Hause sorge.

„Desiree hat noch einen kleinen Bruder?", fragte Angela erstaunt.

„Ja, Florian, er ist drei Jahre alt, mein Mann kümmert sich um ihn, wenn ich Desiree besuche. Zu Beginn nahmen wir ihn immer mit, aber er versteht nicht, dass Desiree die Augen offen hat und nicht mit ihm spielt."

„Und zu Hause?"

„Zu Hause werden wir sie, so Gott will, derart stimulieren, dass sie wieder mit Florian kommunizieren kann, auf die eine oder andere Art."

Angela war sehr beeindruckt von ihrer Entschlossenheit und ihrem Mut. Das war eine Mutter, die um ihr Kind kämpfte.

Nach dem Abendessen, das Manuel nun regelmässig mit Angela und den Zwillingen einnahm, wobei er kochte, wenn sie Abendschicht hatte, erzählte sie ihm einmal, als die Jungen bereits wieder draussen spielten, von dieser dreizehnjährigen Desiree, die tatsächlich den gleichen Geburtstag hatte wie ihre Luzia.

„Es werden täglich Tausende von Menschen geboren", entgegnete Manuel ihr. „Warum soll sie nicht zufälligerweise das gleiche Geburtsdatum haben wie deine Tochter?"

„Wegen ...", Angela wusste nicht recht, ob sie es ihm sagen sollte, fuhr dann aber fort:

„Wegen ihrer Wangengrübchen."

„Hat sie dich angelächelt?", fragte Manuel ungläubig, weil ihm das, so wie Angela sie beschrieben hatte, sehr unwahrscheinlich schien.

„Nein, natürlich nicht, aber wenn sie im

Krampf ihr Gesicht verzieht, sieht man sie."

„Du solltest dir trotzdem nichts einbilden."

„Ja, du hast recht … ausserdem hat sie noch einen kleinen Bruder."

„Ja und?"

„Wenn ihre Eltern selber Kinder bekommen konnten, warum hätten sie denn eins adoptieren wollen?"

„Solche Menschen, die nicht nur den eigenen Kindern ein gutes Zuhause bieten wollen, die soll's tatsächlich geben. Und auch solche, die selber Kinder kriegen, Jahre, nachdem sie welche adoptiert haben."

„Ach, lassen wir das Thema", sagte Angela schliesslich ausweichend, „es bringt mich nur unnötig durcheinander."

Manuel erklärte ihr darauf, dass er die Absicht habe, im nächsten Monat endlich wieder zur Arbeit zurückzukehren. Er habe bereits seinen Vorgesetzten darüber informiert, der froh sei, oder das jedenfalls ihm zuliebe behauptete, dass es ihm nach dieser extrem langen Abwesenheit wieder besser ging. Angela erschrak etwas, als sie seine Worte hörte, obwohl es sie riesig freute, dass er offenbar auf dem besten Wege war, aus seiner Depression herauszufinden. Was aber würde aus ihrer Ausbildung werden? Manuel las ihr die Bedenken von den Augen ab und beruhigte sie mit der frohen Nachricht, dass er bereits alles geregelt und mit der Nonna besprochen habe. Da stand Angela auf, ging um den Tisch herum, beugte sich zu Manuel und küsste ihn.

Etwas mehr als vier Monate nach Desirees Geburtstag, als Angela gerade dabei war, das Metallgestänge der Betten zu desinfizieren, während die beiden ans Bett gefesselten Frauen ausnahmsweise ohne zu schnarchen ruhig schliefen, bemerkte Angela, dass Desiree ihre Augen geschlossen hatte. Sie hatte nun in all den Monaten Gelegenheit genug gehabt, zu beobachten, dass Desiree ihre Augen nicht immer starr an die Decke richtete. Manchmal blinzelte sie plötzlich ein bisschen, und Angela hoffte dann immer, sie würde sich einfach aufsetzen, wie aus einem seltsamen Traum erwacht, etwas verwirrt um sich gucken und nach ihren Eltern oder ihrem kleinen Bruder rufen. Das aber war reine Phantasie. Angela wusste nun, dass es nie so weit kommen würde und dass, falls sich ihr Zustand tatsächlich bessern sollte, alles in ganz kleinen Schritten vor sich gehen würde. Wunder gab es eben nicht.

Angela bückte sich deshalb über das junge Mädchen, fasste es ganz sanft am Arm und erschrak. Das arme Kind ist ja ganz unterkühlt, schoss es ihr zuerst durch den Kopf, aber dann, als sie merkte, dass Desiree nicht mehr atmete, wusste sie, was geschehen war. Sofort drückte sie auf die Notfallklingel, obwohl das bereits keinen Sinn mehr hatte. Isabel und Astrid stürzten herbei, sahen Angela, wie sie noch immer, mit grauem Gesicht, neben Desirees Bett stand.

Der Arzt wurde herbeigerufen und er stellte im Beisein von Angela, Isabel und Astrid den Tod des Kindes fest. Die Mutter von Desiree wurde telefonisch informiert und stand nach einer halben Stunde zusammen mit ihrem Mann im Begegnungszimmer, wie sie es nannten, weil die Angehörigen dort ungestört von den Verstorbenen Abschied nehmen konnten, nachdem Astrid und Isabel Desiree gewaschen, ihr ein weisses Hemd, das ihr eigentlich viel zu gross war, angezogen und sie in diesen Raum gebracht hatten. Sie stürzten sich ans Bett ihres Kindes, sprachlos, fassungslos zuerst über diesen endgültigen Tod, der sie wie aus dem Hinterhalt überfallen hatte, nachdem sie mehr als ein Jahr lang an ihrer unsterblichen Hoffnung festgehalten hatten. Dann aber brach die Mutter in Tränen aus, und Angela, die noch im Raume stand, obwohl Astrid und Isabel hinausgegangen waren, fühlte eine immense Verbundenheit mit ihr. So konnte nur eine Mutter um ihr Kind trauern.

Der Vater blieb still und wie erstarrt in seinem Schmerz.

Schliesslich schnäuzte sich Desirees Mutter und sagte zu Angela, deren Anwesenheit sie offenbar nicht erstaunte oder störte, sie möchte lieber, dass ihrer Desiree statt des weissen Totenhemdes das Kostüm, das sie bei der Aufführung des kleinen Prinzen getragen hatte, angezogen würde. Sie sei seit der Theatervorführung nicht stark gewachsen und es passe ihr bestimmt noch, fügte sie dann, sich beinahe für ihren Extrawunsch entschuldigend, noch bei. Ihr Mann ging darauf aus dem Zimmer und fuhr nach Hause, um das grüne Kostüm mit der langen gelben Schärpe zu holen. Als er zurückkam, kleideten Desirees Mutter und Angela den zierlichen Körper in den glänzenden grünen Stoff, und da flüsterte Desirees Mutter unvermittelt und beinahe, als rede sie zu sich selbst:

„Desiree, Liebes, warum hast du nicht auf mich gewartet? Ich wollte doch deine Hand halten, zum Abschied."

Sie barg ihr Gesicht in ihren Händen und sagte kaum hörbar:

„Warum durfte ich nicht wenigstens bei deinem Tod dabei sein?"

„Machen Sie es sich nicht noch schwerer",

sagte Angela leise, während ihr selber auch die Tränen über die Wangen liefen, aber Desirees Mutter flüsterte:

„Ich habe sie nicht geboren."

Angela fühlte, wie der Boden plötzlich schwammig wurde unter ihren Füssen, aber mit letzter Kraft versuchte sie, die Wahrheit, die sie schon längst geahnt hatte, aus der haltlosen Leere, in die sie zu stürzen drohte, zu verdrängen:

„Bei meinen Zwillingen hatte ich auch einen Kaiserschnitt."

„Nein, das meine ich nicht, aber Desiree ist", die Stimme erstarb beinahe, „nicht meine leibliche Tochter."

Angela hörte ihre Worte nicht mehr. Sie war bereits ohnmächtig zu Boden gesunken.

Als sie aus ihrer kurzen Bewusstlosigkeit erwachte, sass Theresa an ihrem Bett, das in einem ihr unbekannten Zimmer stand, streichelte ihr besorgt die Hände und versicherte ihr, sie verstünde sehr gut, dass ihr der Tod dieses jungen Mädchens naheginge. Angela aber erwiderte nur ganz leise, dieses junge Mädchen sei ihre Luzia, sie wisse das jetzt. Theresa war sprachlos, konnte es ihr nicht glauben, fragte, wie sie denn auf die verrückte Idee käme, und meinte schliesslich, das sei sicher ein Irrtum. Angela aber wusste es, das Geburtsdatum, die Wangengrübchen, die Ähnlichkeit, die sie, als sie sich im Spiegel angeschaut hatte, schon längst erkannt hatte, und zuletzt die Worte der Mutter, die flüsterte, es sei nicht ihre leibliche Tochter. Es bestand kein Zweifel. Da klopfte es an die Tür des Zimmers, das verquollene Gesicht von Desirees Mutter erschien im Türspalt, und Theresa stand auf und liess die beiden allein. Die Mutter näherte sich ihrem Bett und sagte, sie sei froh, dass sie sich offenbar wieder etwas besser fühle, und sie sei tief berührt, dass Angela Desirees Tod so naheginge.

Angela aber fragte leise:

„Desiree, hatte sie nicht einen zweiten Vornamen?"

Die Mutter von Desiree bejahte es, sehr erstaunt.

„Luzia, nicht wahr?"

Jetzt erbleichte die Desirees Mutter, aber Angela fuhr fort:

„Ich habe Luzia … Desiree vor dreizehn Jahren geboren, als ich sechzehn war."

Desirees Mutter schlug sich die Hand vor den Mund, um ihren Schrei zu ersticken, setzte sich völlig entgeistert und mit weichen Knien an Angelas Bett und brachte eine Weile kein Wort heraus. Da fing Angela an zu erzählen, wie sie schwanger geworden und von ihrem Vater getreten worden war. Wie sie wochenlang im Spital gelegen hatte, damit das Kind nicht zu früh zur Welt kam, wie sie es unter ihrem Herzen gespürt und unter Schmerzen geboren hatte, und wie sie schliesslich von ihrer Mutter, die sich für sie schämte, zur Freigabe gezwungen worden war. Desirees Mutter schüttelte ungläubig den Kopf und versicherte:

„Wir haben sie immer von ganzem Herzen geliebt, unsere Luzia Desiree."

Daran hatte Angela vom ersten Moment an, wo sie gesehen hatte, wie sie sich über ihre Tochter beugte, nicht gezweifelt. Die beiden Frauen blickten einander eine Weile lang still in die Augen, bis Angela sich aufsetzte, noch etwas schwach aus dem Bett stieg und zusammen mit Desirees Mutter das Zimmer verliess und in den Raum ging, in dem ihr gemeinsames Kind aufgebahrt war.

15
Oktober 2004

Das grosse eingeschriebene Paket kam ein paar Wochen nach der ergreifenden Trauerfeier für Desiree. Angela, die an diesem seltsam lauen Oktobertag gerade freihatte, war in Gedanken versunken und rechte beinahe mechanisch das erste Herbstlaub in Manuels Garten zusammen, das sich unter den vielen Bäumen angesammelt hatte, als der Briefträger die eingeschriebene Post brachte. Die Zwillinge waren in der Schule und Manuel seit ein paar Tagen wieder voll im Einsatz bei der Feuerwehr.

Zuerst dachte sie, in dem Karton stecke wahrscheinlich das von Hand kalligrafierte, sorgfältig verpackte Diplom und das teure Fachbuch, das ihr der Ausbildungsleiter für ihre guten Resultate zu schenken versprochen hatte, nachdem sie zu seinem grossen Bedauern nicht an der bescheidenen Diplomfeier hatte teilnehmen können, weil das Datum mit der Beerdigung Desirees zusammengefallen war. Angela seufzte, als sie an die vergangenen Prüfungen dachte, die sie kurz nach den aufwühlenden Geschehnissen abgelegt und trotz allem gut bestanden hatte, obwohl sie sich nur schlecht hatte konzentrieren können. Sie setzte sich auf die Treppe vor dem Eingang, las endlich den Absender und öffnete den zusammengeschnürten Karton. Ein dickes, mit zartgrünem Stoff überzogenes Album kam zum Vorschein und ein Umschlag. Ein handgeschriebener Brief und eine blonde Haarsträhne steckten darin. Angela nahm beides, fühlte, wie zart und kühl die Strähne auf ihrer Handfläche lag, zögerte etwas, roch vorsichtig daran, ergriff dann den Brief, der von Desirees Mutter stammte, die ihr erklärte, sie hätte das Fotoalbum von Desiree über all die Jahre hin im Doppel erstellt, weil sie es ihrer Tochter später hatte schenken und aber trotzdem ein Exemplar für sich selber hatte behalten wollen. Zur Erinnerung an ihre Tochter wolle sie dieses Album nun Angela schenken.

Und da lag sie also jetzt, Luzia Desiree, ihr Kind, vor ihr auf dem matt glänzenden Fotopapier, nuckelte an ihrem Daumen, blickte erstaunt in die Welt hinaus, schrie wie am Spiess, lächelte schelmisch, steckte sich die Zehen in den Mund, krabbelte übers grüne Gras, lag auf dem Taufkissen, planschte in der Badewanne, spielte mit den Pfannendeckeln, strich sich den Spinat ins Haar, machte die ersten Schritte, zermantschte die Erdbeeren auf dem Geburtstagskuchen, biss in die Erdschollen, zog die Katze am Schwanz, fuhr auf dem Dreirad, kletterte auf den Baum, schleppte den schweren Schulranzen, trug das weisse Kleid zur ersten Kommunion, sang im Schülerchor, ritt auf dem Pony, hielt Florian in den Armen, stand auf der Bühne als kleiner Prinz, beinahe so wie die Schulfreundin von Desiree, die zum Abschluss des Trauergottesdienstes, an dem neben Angela als offizielle Repräsentantin des Pflegeheims so viele Menschen teilgenommen hatten, dass die Kirche fast aus allen Nähten geplatzt war, die Worte des kleinen Prinzen mit leicht zitternder Stimme vorgelesen hatte:

„Wenn du zum Himmel hinaufschauen wirst, in der Nacht, und weil ich dann in einem von ihnen wohnen, ich in einem von ihnen lachen werde, dann wird es für dich sein, wie wenn alle Sterne lachen würden. Du wirst Sterne haben, die lachen können."

Darauf hatten draussen alle Trauergäste blaue Ballone mit aufgedruckten Sternen zum Himmel fliegen lassen, und der kleine Florian hatte ihnen strahlend nachgewinkt und mitten in der stillen Menschenmenge vor Begeisterung geklatscht. Angela schloss das Album. Es lag auf ihren Knien, aber sie fühlte es nicht. Sie war traurig, aber in ihrer Brust war der Stein, der sie ihr Leben lang erdrückt hatte, kein Felsen mehr.

Am Abend, gerade als Manuel viel später als gewöhnlich und recht erschöpft nach Hause kam, trennte Angela das Foto, das Luzia Desiree im Kostüm des kleinen Prinzen zeigte, aus dem Album und stellte es auf dem Büffet von Manuels Eltern neben das Foto von Natascha. Die Zwillinge fragten neugierig, wer denn das blonde Mädchen sei, und Angela erklärte ihnen, das sei eine Freundin der verstorbenen Tochter von Manuel, weil sie fand, die Buben seien noch zu jung, um zu verstehen, dass es da eine Halbschwester gegeben hatte, von der sie nichts wussten. Später aber würde sie ihnen die Wahrheit erklären. Auch Manuel stellte sich vor das Büffet und betrachtete zusammen mit Angela still die beiden Mädchen, die auf dem Foto beinahe gleich alt wirkten. Angela brach schliesslich das Schweigen und sagte zu Manuel, sie hätte am späten Nachmittag den Notar kontaktiert und ihn um die Adresse ihrer Mutter gebeten. Da legte Manuel seinen rechten Arm um sie, drückte sie leicht an sich und erklärte ihr leise, dass er nicht wegen eines zusätzlichen Einsatzes später als üblich nach Hause gekommen war, sondern weil er nach all diesen Monaten endlich wieder Nataschas Grab besucht hatte. Er hatte beinahe ein schlechtes Gewissen gehabt, hatte sich gar ein bisschen davor gefürchtet, es nach der langen Zeit ganz überwuchert vorzufinden, aber irgendjemand schien es zu pflegen und regelmässig frische Blumen hinzustellen. Er glaube, es sei die Nonna, meinte er schliesslich seufzend und mit bewegter Stimme. Erst in diesem Moment wurde Angela bewusst, dass sie diesen zweiten Todestag Nataschas ob ihres eigenen Schmerzes und der Trauer um ihre Luzia völlig vergessen hatte. Sie wollte sich bei Manuel dafür entschuldigen, aber er drückte sie nur noch fester an sich und meinte, er spüre doch seit Langem, dass weder Natascha noch er ihr gleichgültig seien.

Nachts wälzte sich Angela schlaflos im Bett herum. Es lag aber nicht an der für die Jahreszeit ungewöhnlich warmen Nacht, dass sie den Schlaf einfach nicht finden konnte, sondern daran, dass sie nicht wusste, was sie anderntags erwarten würde. Was wollte sie ihrer Mutter, die sie seit mehr als zehn Jahren nicht mehr gesehen hatte, am andern Morgen überhaupt sagen? Vielleicht war es doch keine gute Idee, alte Wunden wieder aufzureissen. Lebte sie ganz allein nach dem plötzlichen Tode des Vaters? Anders konnte sie es sich nicht vorstellen. Sie hatte bestimmt keinen Freund oder Liebhaber. Und sie selbst, Angela, was würde sie ihr sagen? Dass sie getrennt war und im Hause eines Fremden allein lebte? Manuel, ein Fremder? schoss es ihr da durch den

Kopf. Manuel, der ihr die zitternden Hände wärmte, der sie sanft an sich drückte und sagte, er wisse, dass er ihr nicht gleichgültig sei? Manuel, Manuel, sie flüsterte den Namen, kostete ihn geradezu. Wie schön er doch klang, mit der richtigen Betonung und den richtigen Gedanken. Angela stieg aus dem Bett, schlich, nur mit dem Nachthemd bekleidet, aus der Wohnung, stieg leise die Treppen hinauf, drückte sachte auf die Klinke, öffnete die Tür zu Manuels Wohnung und suchte sich den Weg in sein Schlafzimmer. Manuel lag, ohne Schlafanzug, quer über dem grossen Bett und schien tief zu schlafen. Angela setzte sich neben ihn, betrachtete im Licht der Strassenlampe, die das Zimmer leicht erhellte, seinen nackten, leicht behaarten Oberkörper, der sich beim Atmen regelmässig hob und senkte, seinen kräftigen Hals, sein Kinn mit den silbrigen Haarstoppeln, seinen leicht offenen Mund, seine Nase, seine geschlossenen Augen, seine dunklen Augenbrauen, sein dichtes schwarzes Haar, seine ergrauten Schläfen. Schön war er, Manuel, so schön wie sein Name. Manuel, sie rief ihn ganz leise, aber er hörte es nicht. Manuel. Sie berührte seine Schulter, und da öffnete er seine Augen und blickte sie erstaunt an.

„Angela? Was machst du denn hier?"

„Ich möchte mit dir schlafen."

„Bei mir?" Manuel schien noch nicht ganz wach zu sein, rückte aber etwas auf die Seite, um ihr Platz zu machen, und wollte die Decke über seinen Unterkörper ziehen. Angela aber blieb sitzen, zog ihr Nachthemd aus und strich im zärtlich über die Brust. Da liess Manuel die Decke liegen, lächelte noch etwas unsicher, setzte sich auf und zündete die Nachttischlampe an. Erst jetzt, im gedämpften Licht, sah Angela, dass der Kleiderschrank neben dem Bett auch Spiegeltüren hatte.

„Du bist ein Engel, du", sagte er leise und blickte ihr über den Spiegel liebevoll in die Augen. Er setzte sich hinter sie, umfing sie mit seinen kräftigen Beinen, löste ihren Büstenhalter, berührte ihre vollen Brüste und biss sie leicht in die sanfte Rundung ihres Halses. Dann fuhr er mit einer Hand sachte zwischen ihre Beine und seine Finger verschwanden in dem dunklen Dreieck.

„Magst du das?", flüsterte er zärtlich, küsste ihren Nacken und liess seine Finger kreisen. Mit feuchten Fingern drückte er sie schliesslich aufs Bett, vergrub zuerst sein Gesicht zwischen ihren Brüsten, küsste sie auf den Bauchnabel und folgte dann der feinen Linie bis zu ihrem Venushügel. Angela versteifte sich etwas, als sie seinen dunklen Schopf und seine raue, unrasierte

Wange zwischen ihren Schenkeln spürte, aber Manuel hörte nicht auf, bis sie sich endlich gehen liess und es wie ein Schluchzer aus ihr herausbrach. Erst jetzt drang er in sie ein und sie war so erregt, dass er beinahe daneben glitt. Er brauchte nicht sehr lange, brachte sie zu einem zweiten Höhepunkt und überraschte sie mit seinem mächtigen Stöhnen. Dann schliefen sie beide ein, völlig entspannt und glücklich, bis der Morgen graute und Angela sich vorsichtig aus Manuels Armen löste, um zu den Zwillingen in die Wohnung hinunterzusteigen.

Im Postauto, das sie zum zwanzig Kilometer weit entfernten Dorf ihrer Mutter brachte, lächelte Angela in Gedanken, als sie an die Nacht mit Manuel dachte. Wie zärtlich er gewesen war, wie erregt und wie laut er gestöhnt hatte. Es rumorte beinahe schmerzhaft in ihrer Brust, als sie daran dachte, und sie blickte zum Fenster hinaus.

Geschrieben oder telefoniert hatte Angela ihrer Mutter nicht. Sie wollte ihren Besuch nicht ankünden. Sie war sich auch nicht einmal sicher, ob sie ihre Mutter wirklich sehen wollte. Sie wohnte, wenn die Adresse des Notars stimmte, immer noch im gleichen Dorf und im gleichen Quartier, wo Angela aufgewachsen war. Nur die Hausnummer war nicht mehr dieselbe.

Es kam ihr seltsam vor, durch die Strassen zu gehen, die sie seit mehr als zehn Jahren nicht mehr betreten hatte. Es sah alles viel gedrängter aus, weil der Wohnungsbau offenbar stark gefördert worden war, aber sonst waren die Blöcke immer noch gleich. Nicht einmal die Farben der Fassaden hatten sich geändert.

Sie musste zweimal klingeln, bis sie hörte, wie sich im Innern der Wohnung jemand leise näherte, offenbar einen Moment hinter dem Spion verharrte, schliesslich die Tür einen Spaltbreit aufschloss und einen penetranten Geruch von Urin entweichen liess, der Angela beinahe den Atem verschlug. Trotz der dunklen, hässlichen Sonnenbrille und der grauen Haare erkannte Angela ihre Mutter aber sofort.

„Was wollen Sie?"

Es klang weder spöttisch noch ironisch, aber sehr misstrauisch. Ihre eigene Mutter erkannte sie nicht?

„Mami, ich bin's, Angela."

Jetzt zuckte die Frau vor ihr zusammen, aber der Türspalt wurde etwas grösser.

„Angela?" Die Stimme klang echt ungläubig, und Angela fiel aus allen Wolken.

„Kennst du mich nicht mehr?"

„Ich sehe nur noch sehr schlecht, aber deine Stimme, ja … doch."

Sie öffnete die Tür ganz und liess Angela in die schmuddelige Wohnung eintreten. Der Geruch war ätzend und Angela sagte:

„Du solltest etwas mehr lüften."

„Ach? Ja dann mach das Fenster auf, du findest den Weg schneller als ich."

Angela riss das Fenster auf, über dessen äusseren Rahmen sich ein dünner Maschendraht spannte, aber als sie auch noch die Balkontüren öffnete, schrie ihre Mutter entsetzt:

„Nein, nein, mach schnell wieder zu. Prinzchen darf nicht raus!"

Kaum war der Name gefallen, lief eine dicke schwarze Katze mit weissen Ohren und einem hellbraunen Zackenmuster auf dem Kopf an Angela vorbei und strich laut schnurrend um die Beine ihrer Mutter. Jetzt war Angela klar, woher der Gestank rührte, aber ihre Mutter beugte sich zu dem Tier hinunter, streichelte es sanft und schien Angela einen Moment lang völlig vergessen zu haben.

„Lebst du schon lange hier?"

„Nein, erst seit Rolf gestorben ist, aber Prinzchen hatte ich schon vorher. Er ist schon alt für einen Kater, dann hat er auch noch

Probleme mit dem Urin ... jetzt, und er ... markiert halt sein Revier."

„Woran ist Vater gestorben?"

„Er hatte einen Herzinfarkt."

„Und wo wurde er begraben?"

„Seine Urne steht in unserem kleinen Dorffriedhof, aber ich geh nie hin."

Angela setzte sich schweigend aufs rissige Kanapee und ihre Mutter fuhr fort:

„Ich und Prinzchen, wir haben's schön zusammen."

„Warum hast du dich nicht von Vater getrennt?"

Ihre Mutter hörte auf, die Katze zu streicheln, setzte sich auf den einzelnen Stuhl neben dem kleinen Esstisch, atmete einmal tief durch und sagte:

„Ich hatte den Mut nicht, ohne dich."

Angela schnappte nach Luft.

„Ohne mich? Ich war dir doch egal."

Ihre Mutter verharrte einen Moment lang schweigend, bis sie schliesslich flüsterte:

„Du warst alles, was ich hatte."

„Das glaube ich dir nicht!" Angelas Stimme zitterte. Ihre Mutter aber knetete nervös ihre Hände und erklärte, nun etwas gefasster:

„Ich wollte nur das Beste für dich. Meinen Beruf hatte ich für dich aufgegeben und du, du solltest es einmal besser, eine Hochschulbildung haben, eine gute Position, selbstständig sein, später in deinem Leben, nicht so ... abhängig wie ich."

„Warum hast du mir das nie gesagt?"

„Das habe ich doch."

„Nicht so."

„Ich wollte nicht, dass du dir mit einem Kind die Zukunft verbaust."

„Du hattest Angst vor dem Gerede der Nachbarn, vor deinem Ruf!"

„Den wahren Grund konnte ich dir nicht sagen, weil ... ich ihn damals selber nicht wusste."

„Und jetzt?"

„Jetzt? Jetzt bin ich seit Jahren am Erblinden, aber es ist nur eine Frage von Monaten, bis ich gar nichts mehr sehe, und ich habe jede Menge Zeit zum Nachdenken über ... mein verpfuschtes Leben."

„Warum also hast du mich zur Freigabe von Luzia gezwungen?"

„Ich hatte doch nur dich. Rolf liebte mich schon lange nicht mehr. Du warst die Einzige, die mich noch gernhatte, und ich hatte Angst, dich zu verlieren. Ich wollte dich ... deine Liebe, nicht mit einem Enkelkind teilen. Du warst ja selber noch ein Kind ... mein Kind und ..."

„Ich habe Zwillinge, jetzt", unterbrach sie Angela leise, aber ihre Mutter schien es nicht gehört zu haben und fuhr fort:

„Dann verschwandest du in deiner eigenen Welt, kapseltest dich von mir ab, zogst weg … und ich blieb allein mit Rolf, der auf mir herumhackte … Ich bin froh, dass er tot ist."

Angela fehlten die Worte. Sie beugte sich auch zur Katze hinunter, strich ihr übers Fell und sagte schliesslich:

„Mit dem Erbe hab ich mir einen neuen Zahn geleistet."

„Das hast du gut gemacht. Wie alt sind deine Zwillinge, sagtest du?" Sie schien es also doch gehört zu haben.

„Sie gehen jetzt in die erste Klasse, Samuel und Emanuel."

„Und Luzia?"

„Sie ist tot."

„Wirklich?"

„Sie starb vor ein paar Wochen."

Ihre Mutter stand so abrupt von ihrem Stuhle auf, dass er umkippte und Prinzchen erschreckt davonsprang, aber Angela stellte den Stuhl wieder hin und schlug vor, sie könnten doch ein bisschen draussen spazieren gehen, statt in der stickigen Wohnung zu bleiben. Ihre Mutter zögerte, sagte, sie sei nicht mehr gut zu Fuss, das heisst, zu Fuss schon, aber weil sie so schlecht sehe, gehe sie fast nicht mehr aus dem Haus, und eine Nachbarin, die sie dafür bezahle, mache die Einkäufe für sie. Angela aber nahm sie beim Arm, schob sie durch die Wohnungstür, schloss zu und ging mit ihr zum Lift. Wie seltsam das war, die eigene Mutter wie eine ihr nicht verwandte, fremde Bewohnerin im Pflegeheim am Arm spazieren zu führen. Erst nachdem sie sich etwas vom Quartier entfernt hatten und den alten Dorfbach entlanggingen, der sich früher frech durch die Kuhweide geschlängelt hatte, inzwischen aber begradigt und einbetoniert worden war und in dessen vertrocknetem Bett das Wasser nur noch ein dünnes Rinnsal war, erzählte Angela ihr die unglaubliche Geschichte von Luzia. Wie sie im Pflegeheim zu arbeiten angefangen hatte und mit dem Mädchen im Wachkoma und ihrer Mutter vertraut wurde, wie sie schliesslich, bei ihrem plötzlichen Tod, mit Sicherheit wusste, dass es ihre Tochter war, wie sie beerdigt wurde und wie sie jetzt auf ihrem, das heisst auf Manuels Büffet stand. Wer denn dieser Manuel sei, fragte da ihre Mutter, die ihr vorher nur staunend zugehört hatte, und Angela erklärte, der Mann, mit dem sie zusammenlebe, nein, er sei nicht der Vater ihrer Zwillinge, von dem sei sie getrennt, aber ein lieber Mensch eben, der auch schon einiges durchgemacht habe,

Feuerwehrmann übrigens, mit einem Hund und zwei dicken Kaninchen. Darauf lächelte ihre Mutter zum ersten Mal, seit Angela bei ihr geklingelt hatte, und fragte, ob er auch Katzen hätte. Angela verneinte, fragte dann, warum sie Prinzchen denn nicht kastrieren liesse, damit er nicht so stinke, aber ihre Mutter antwortete, nein, dafür sei's zu spät, sie müsse mit dem, was sie früher versäumt habe, selber zurechtkommen. Sie könne das nicht mehr ändern, sagte sie ganz leise, und ihre Stimme klang heiser. Da drückte ihr Angela, als sie wieder vor der Haustür standen, zum Abschied die Hand und fragte:

„Kommst du mal zum Kaffee zu mir und Manuel?"

Ihre Mutter aber antwortete erst nicht, fuhr mit ihrer Hand unter den Rand ihrer riesigen Sonnenbrille, wischte sich dann die Hand an ihrer Bluse, lächelte, obwohl ihr Mund leicht zitterte und sagte kaum hörbar, doch, gern, wenn mich jemand abholt, ich finde sonst den Weg nicht.

Manuel stand lange im Blumenladen, aber entscheiden konnte er sich nicht. Er hatte schon seit Jahren keinen Strauss mehr gekauft, höchstens Blumen zum Setzen für das Grab Nataschas. Heute aber wollte er etwas ganz anderes, etwas, das der Freude, die ihn seit der Nacht mit Angela wieder erfüllte, Ausdruck gab. Er hatte schon seit so langer Zeit mit keiner Frau mehr geschlafen, hatte dieses Bedürfnis völlig unterdrückt, zugunsten Nataschas und weil er niemanden sonst mehr kannte. Ja, und dann mit Nataschas Krankheit und später, nach ihrem Tod, mit seinen Medikamenten war ihm die Lust darauf endgültig vergangen. Natascha, ach Natascha, verzeih mir. Er blickte sich um, aber niemand schaute ihn erstaunt an, er hatte seine Gedanken also nicht allzu laut ausgesprochen, und so ergriff er den grössten und buntesten Strauss, der im Laden zu haben war, bezahlte und fuhr mit dem Prachtstück auf dem Hintersitz nach Hause zurück.

Am Abend aber, als Angela und die Zwillinge zusammen mit ihm gegessen hatten, verkündete Manuel Angela plötzlich:

„Ich möchte, dass du aus dieser Wohnung ausziehst, Angela."

Angela schaute ihn einen Moment lang erschrocken an, bis er augenzwinkernd ergänzte:

„Im oberen Stock hast du eine bessere Sicht, eine neuere Küche … und mich."

Angela strahlte ihn an, fuhr ihm zärtlich durch sein dichtes Haar und küsste ihn vor den Zwillingen mitten auf den Mund. Manuel aber lachte voller Freude, umfing sie übermütig mit seinen Armen und führte sie und die erstaunten Kinder in seine Wohnung hinauf, vor deren Eingangstür der riesige Blumenstrauss Angela willkommen hiess. Dann erklärte Manuel, die Zwillinge könnten einstweilen im Zimmer Nataschas schlafen, das er ausgeräumt habe, und auch das Esszimmer könnten sie hier benutzen. Später dann, wenn er wieder etwas gespart hätte, könnten sie aus den beiden Dreizimmerwohnungen eine einzige, geräumige Wohnung machen lassen.

Noch am gleichen Abend zügelte Angela mit den Zwillingen in ihr neues Heim, stieg am Abend zusammen mit Manuel in sein grosses Bett, das so gut nach ihm roch, kuschelte sich eng an ihn, legte seine kräftige, warme Hand auf ihre weiche, füllige Brust und war glücklich.

16

Anfang Dezember erst erzählte Angela Manuel vom Besuch bei ihrer Mutter und schlug vor, sie und Theresa zum Heiligabend einzuladen. Manuel gefiel ihre Idee und er versprach, die Mutter dann mit dem Auto abzuholen. Die Zwillinge aber waren sehr erstaunt, als sie hörten, dass da plötzlich eine Grossmutter an ihrem Fest teilnehmen sollte, von der sie keine Ahnung hatten, und Angela erklärte ihnen, sie hätte eben lange Streit mit ihrer Mutter gehabt und leider seien die Erwachsenen manchmal viel dümmer als die Kinder, weil sie einander oftmals jahrelang nicht verzeihen könnten, ohne einzusehen, dass sie sich dabei selber nur das Leben vergällten, aber nun sei es an der Zeit, richtig Frieden mit ihr zu machen, und sie freue sich, dass ihre Mutter mit ihnen Weihnachten feiern würde. Daraufhin bat sie die beiden Jungen, etwas für die unbekannte Oma und ihre Freundin Theresa zu basteln, damit die beiden auch etwas auszupacken hätten. Sie selber aber stürzte sich in jeder freien Minute, die sie nicht im Pflegeheim verbrachte, in die schöne Küche Manuels, knetete Biskuitteige aller Art, buk Kekse in den verschiedensten Formen daraus, bereitete Lebkuchen und Glühwein zu und erfüllte das Haus während der ganzen Adventszeit mit einem himmlischen Duft aus Zimt, Anis und Koriander. Zusammen mit den Zwillingen schmückte Manuel den Garten und das Haus mit leuchtenden Girlanden, und den kleinen Tannenbaum, den sie vor einem Jahr gesetzt hatten, besteckten sie mit roten Kerzen, hängten glänzendes Lametta an die grünen Äste und krönten ihn mit einem silbernen Spitz, der auch unter der leichten Schneeschicht glitzerte, die am Tag vor Weihnachten den Garten und das Haus bedeckte, wie wenn ein Hauch Puderzucker vom Himmel gefallen wäre.

Am Heiligabend dann schneite es plötzlich richtige Schneefetzen vom Himmel, so gross wie Handteller, und weil der Schnee in kürzester Zeit zentimeterdick auf den Strassen lag, hatte Manuel beinahe Mühe, sich mit dem Auto einen Weg zum weiter entfernten Dorf von Angelas Mutter und danach zum Pflegeheim zu pflügen, um Theresa nach ihrer Schicht abzuholen. Gegen acht brachte er aber dann die zwei Frauen, die etwa zehn Jahre Altersunterschied hatten, sicher in den schneebedeckten Glyzinienweg. Theresa half Angelas Mutter mit professioneller Geste beim Aussteigen und führte die sehbehinderte Frau sicher durch den glitschigen Gartenweg bis zum Hauseingang. Dort erwartete sie

Angela zusammen mit den Zwillingen, die die neue Grossmutter neugierig begrüssten und sie gleich danach fragten, warum sie denn am Weihnachtsabend mit einer dunklen Sonnenbrille daherkäme. Angela antworte an ihrer Stelle und erklärte den Jungen, dass die Oma eben eine schlimme Augenkrankheit habe und ihre Augen so gut wie möglich schonen müsse. Da streckten die Kinder ihr und Theresa die mit Nelken besteckten, herrlich duftenden Orangen, die sie extra für sie gemacht hatten, vor die Nase, holten gleich die Kaninchen herbei, legten die zwei warmen Pelzknäuel mit den langen Ohren den beiden älteren Frauen in den Schoss und das Eis zwischen Gross und Klein, Alt und Jung war gebrochen.

Das von Angela in langer Vorarbeit zubereitete Festessen schmeckte sowohl den Kindern als auch den Erwachsenen und gleich anschliessend hoben Angela, Theresa und Manuel spontan zu ein paar Weihnachtsliedern an, während die Zwillinge verschwörerisch kicherten, den dicken, weissen Galak, der während des Essens wieder in seinem Verschlag gewesen war, erneut herbeibrachten, diesmal aber mit einem roten Geschenkband und einer Rosette geschmückt und das grosse, schwere Tier ihrer neuen Oma auf die Knie legten. Da lachte sie zum ersten Mal an diesem Abend ganz laut und kraulte das festlich geschnürte, friedliche Kaninchen so lange und hingebungsvoll hinter den langen Ohren, bis die ersten Böhnchen fielen und Angela die Knaben hiess, das Kaninchen wieder von seinem Bauchschmuck zu befreien und für die Nacht in seinen Käfig zurückzubringen. Bevor die Kinder aber zurückkamen, schlug Angela vor, das mit dem Kaninchen sei ja vielleicht wirklich eine gute Idee. Ihre Mutter könne, wenn die Zwillinge einverstanden seien, ihr stinkendes Prinzchen nach ein paar Monaten bei ihnen gegen den eher geruchlosen zukünftigen Kaninchenvater oder eines der Jungtiere, die sie im Frühling bestimmt haben würden, eintauschen, und dafür den Kater mit den schlechten Gewohnheiten ab und zu in ihrem Garten besuchen kommen.

Die Mutter sagte darauf, sie würde es sich überlegen, denn es stimme eigentlich schon, dass sie auch wieder einmal gern auf ihren Balkon ginge im Sommer, denn das war ja wegen Prinzchen, der vom Geländer herunterzustürzen drohte, schon seit Jahren nicht mehr möglich, und ausserdem merke sie vielleicht nicht, wie stark der Kater eigentlich für andere rieche, weil sie an seinen Geruch gewöhnt sei.

Die Kinder durften danach ein paar Geschenke auspacken, auch Comics und Schokolade von Theresa und der neuen Oma, während Angela und Manuel den beiden älteren Frauen je einen warmen wollenen Schal sowie Parfumseifen schenkten und ihrerseits mit Wein und Hauskonfekt von ihnen bedacht wurden. Dass Angela und Manuel einander nichts schenkten, fiel aber sogar den Kindern auf, und auf ihre erstaunte Frage, ob sie einander böse seien, antwortete Manuel, aber nein, überhaupt nicht, aber sie beide hätten einander bereits vor ein paar Tagen ein grosses Geschenk gemacht, und zum Beweis streckten er und Angela den erstaunten Kindern und der lächelnden Theresa ihre linke Hand hin, an der beide den gleichen einfachen silbernen Ring trugen. Die Mutter aber sagte, sie könne den Ring gar nicht recht sehen, und so nahm Angela ihre Hand und legte sie auf die ihre, damit sie das kühle Metall fühlen konnte. Da lächelte auch sie, ertastete den Ring, und tätschelte ihr zärtlich die Hand.

Weil der Abend so gemütlich war und es draussen dicke Flocken schneite, schlug Angela Theresa und ihrer Mutter kurzerhand vor, bei ihnen zu übernachten, richtete die Zimmer in der unteren Wohnung, förderte ein paar Reservezahnbürsten, Seife, Frottiertücher und alte

Nachthemden zutage und begleitete ihre Gäste in den unteren Stock.

Ziemlich früh am anderen Morgen, dem eigentlichen Weihnachtstag, verkündete Manuel dann, er habe eine Überraschung bereit, hiess die Zwillinge, ein paar Karotten einzupacken, und fuhr sie alle zusammen mit dem Auto zu einem Bauernhof, wo ein stämmiges Pferd, das an einen einfachen flachen Holzschlitten bereits fertig angeschirrt war, geduldig auf sie wartete. Den Bauern, dem das schwere Pferd gehörte, hatte Manuel im vergangenen Herbst kennengelernt, als er den Warmblütler bei einem nicht alltäglichen Feuerwehreinsatz aus seiner misslichen Lage in einem Swimmingpool im nicht umzäunten Garten einer Villa befreit hatte, weil das arme Tier, das aus irgendeiner verrückten Laune heraus von der Weide, wo es seit Jahr und Tag friedlich graste, ausgerissen war, auf die dünne Plastikabdeckung getreten und ins Wasser gestürzt war. Das Pferd schien sich aber inzwischen bestens von seinem unfreiwilligen Bad erholt zu haben, denn als die ganze Gesellschaft es sich auf dem Schlitten bequem gemacht hatte, die Zwillinge übermütig lachten und Theresa, Angela und ihre Mutter still auf dem ungewohnten Gefährt sassen, während Manuel mit dem Bauern schwatzte, trabte das kräftige Tier gleich beim ersten Peitschenknall mit seinen zottigen Fesseln so schnell durch den tiefen Schnee Richtung Wald, dass es nur so stiebte und die Mäntel der sieben Passagiere bald weiss überpudert waren. Angela strahlte, Theresa lächelte, und Samuels und Emanuels Grossmutter strich den Zwillingen sanft über die von der Kälte geröteten Wangen. Wie herrlich diese Schlittenfahrt doch war! Nach einer Weile verstummten sogar die Kinder, Manuel und der Kutscher und lauschten dem leichten Knirschen der Kufen auf dem Schnee, dem gedämpften Geräusch der einsinkenden Hufe und dem bald vertrauten regelmässigen Schnauben des Pferdes.

In einer sonnigen Waldlichtung hielten sie eine Zeit lang, die Kinder streichelten die dampfenden Nüstern des Pferdes, hielten ihm auf ihren nackten, flach ausgestreckten Händen die halbierten Karotten hin, die sie eigentlich für einen Schneemann hatten verwenden wollen, spürten die leicht kitzelnden Haare am weichen Maul des Pferdes, wenn es die Stücke mit seinen sanften graurosa Lippen fasste, staunten, wie das Tier sie geräuschvoll zwischen der eisernen Kandare zerbiss und so lang daran kaute, bis der Speichel ihm schaumig vom Maul in den Schnee tropfte. Die Rückfahrt verlief, abgesehen von den dampfenden Pferdeäpfeln, die in den sonst makellos weissen Schnee fielen und von den Kufen zerquetscht wurden, ebenso beschaulich, und als der Schlitten einmal etwas nahe an den schneebeladenen Ästen vorbeifuhr, gab es nicht nur eine kalte Pulverschneedusche für die Passagiere, sondern es purzelten auch gleich mehrere Tannenzapfen hinunter, die sich die drei Frauen wie Glücksbringer lächelnd in die Taschen steckten. Gegen Mittag waren sie wieder zu Hause im Glyzinienweg, und während Manuel zuerst kurz Theresa in ihren Wohnblock zurückbrachte, weil ihr Einsatz im Pflegeheim bereits am Nachmittag wieder vorgesehen war, verabschiedete sich Angela von ihrer Mutter, die kein Wort sagte, sie und ihre Kinder nur ganz fest an sich drückte und dankend nach dem Taschentuch griff, dass ihr Emanuel vorsorglich entgegenstreckte, weil er an Angelas Rüge gewohnt war, wenn er seinen Rotz hochschniefte.

Am ersten Montag im März warf Angela noch einen letzten Blick auf das wunderschöne Segelschiff, das die Wand neben der Ausgangstür zierte, und trat lächelnd auf die Strasse hinaus. In ihrem Zustand hatte sie wieder problemlos einen Termin bekommen. Der Arzt hatte sie auch sofort wiedererkannt und ihr mit seiner vertraut warmherzigen Art versichert, dass alles in bester

Ordnung sei und dass sie noch ein paar Monate arbeiten könne, solange es ihr nicht allzu beschwerlich wurde. Nach ihren Zwillingen hatte er sie auch gefragt und dann, als sie auf der Waage stand, schmunzelnd erklärt, die Jungen hielten sie wohl ganz schön auf Trab, weil sie nun unter die Hundertgrenze gefallen war.

Die Frühlingsmonate vergingen wie im Flug. Im Pflegeheim gab es viel zu tun, weil Helga aus gesundheitlichen Gründen gekündigt hatte und die Heimleitung, weil Sparmassnahmen angesagt waren, die verlorene Arbeitskraft nicht durch eine neue ersetzte. Auch Manuel war ständig im Einsatz, weil es in diesem Frühling beinahe so heiss wie im Hochsommer war und es der vorzeitigen Trockenheit wegen zu mehreren Waldbränden kam. Trotzdem fand er am Feierabend zwischendurch die Zeit, sein Vorhaben endlich in die Tat umzusetzen und den geräumigen Verschlag für das Kaninchenpaar zu zimmern, um den Zwillingen die Freude machen zu können, die Geburt niedlicher Kaninchenbabys mitzuerleben, und um den Vorschlag Angelas an ihre Mutter in die Praxis umzusetzen. Nutella wurde dann auch nach kurzer Zeit trächtig und kaum zwei Monate, nachdem der neue Verschlag eingeweiht worden war, warf sie sechs putzige, braunweiss gescheckte Junge.

Mitte Juni trat Angela etwas kurzatmig aus dem Haus in den Garten, rieb sich den schmerzenden Rücken, setzte sich auf einen der alten Plastikstühle, an denen gerade Nutella knabberte, und scheuchte die Kaninchenmutter, die neugierig an ihren Füssen schnupperte, unter dem Stuhle weg, bis sie zu ihrem braunweiss gefleckten Nachwuchs unter dem Kirschbaum hoppelte. Manuel aber stellte das Tablett mit dem Kaffee, das er gerade aus der Küche brachte, auf den rostigen Gartentisch, holte ihr einen hölzernen Liegestuhl mit einem dicken weichen Kissen und machte eine einladende Geste in ihre Richtung. Da stand sie wieder auf und legte sich auf die weiche Unterlage, während Manuel sich ganz nah neben sie auf den Boden setzte, seine warme Hand auf ihren dicken Bauch legte und geduldig wartete, bis er den ersten Boxhieb spürte. Angela aber schaute Samuel und Emanuel zu, die fröhlich durch den Garten tollten, im kleinen Erdbeerbeet nach den ersten reifen Beeren Ausschau hielten und ihrer Mutter schliesslich strahlend die allererste Beere brachten. Angela warf ihnen einen gerührten Blick zu, schloss die Augen und liess sich die reife Köstlichkeit in den Mund stecken.

Die Autorin

Anja Siouda kam 1968 in Zürich zur Welt, wuchs in Luzern auf, heiratete neunzehn Jahre später in Sursee, zog darauf mit ihrem Mann in die Westschweiz und schloss 1995 an der Universität Genf ihr Studium der Arabistik, Germanistik und allgemeinen Linguistik ab. 1995 und 1997 gebar sie ihre zwei Söhne. 2007 begann sie ein Zweitstudium an der ETI der Universität Genf, das sie 2010 mit einem Master in Übersetzungswissenschaft abschloss. 2010 und 2013 erschienen ihre interkulturellen, sozialkritischen Romane *Steine auf dem Weg zum Pass* und *Ein arabischer Sommer* (Ben Hamida International). 2016 wurde *Tuttifrutti – Humoristische Erzählungen für jeden Geschmack* (Pro Libro) publiziert. Seit 2001 lebt die Autorin mit ihrer Familie in Frankreich.www.anjasiouda.com

Bereits erschienene Werke der Autorin finden Sie auf den folgenden Seiten:

Steine auf dem Weg zum Pass, Ben Hamida International GmbH, Adliswil (2012). Auch als E-Book.
ISBN: 978-3-906021-10-2

Haben Sie sich schon einmal in eine Person verliebt, die einer anderen Religion und Kultur angehört? Haben Sie sich mit der fremden Religion und Kultur Ihres Partners/Ihrer Partnerin auseinandergesetzt? Spielten Sie vielleicht zwecks Heirat sogar mit dem Gedanken einer Konversion? Wenn Ihnen diese Fragen auch schon durch den Kopf gegangen sind, wird dieser Roman Sie fesseln. In dieser spannenden Liebesgeschichte nämlich treffen zwei Welten aufeinander, diejenige der marokkanischen Studentin Halima, die in der Hoffnung, als Haushalthilfe einen Job in der Schweiz zu finden, ihr Heimatland Marokko und ihre ganze Familie verlässt, und die Welt von Martin und seinen Brüdern, die in aller Abgeschiedenheit Mitte der 80er Jahre auf einer kleinen Alp beim Brünigpass mehr schlecht als recht ihr Dasein fristen.

Ein arabischer Sommer, Ben Hamida International GmbH, Adliswil (2013). Auch als E-Book.
ISBN: 978-3-906021-16-4

Im Roman *Steine auf dem Weg zum Pass* fand die Übersetzerin Elena Bruderer im Frühling 1994 das arabische Tagebuch der Marokkanerin Halima. Seither hält sie dieses geheim, um Halimas Ehre in den Augen ihrer marokkanischen Familie auch über ihren Tod hinaus zu bewahren, und übersetzt seit Jahrzehnten gleich nach der Schneeschmelze auf der abgeschiedenen Alp auf dem Brünig, während sie die langen Wintermonate im Tal in ihrer Heimatstadt Thun verbringt. Im Sommer 2012 aber taucht plötzlich ein mysteriöser Fremder bei ihr auf und reisst sie aus ihrem Idyll. Mit seinem Geheimnis und seinem erschütternden Schicksal wächst er ihr ans Herz und wird ihr zum vertrauten Freund, der sie dazu bringt, sich ihrer Vergangenheit zu stellen. In diesem spannenden Roman, der die Leserinnen und Leser mit seiner zeitlichen und räumlichen Doppelperspektive in Atem hält, geht es um Migration und Menschlichkeit, um verlorene Liebe, überwältigende Leidenschaft und Hoffnung auf eine positive Zukunft in Nordafrika – um einen arabischen Sommer.

Tuttifrutti – Humoristische Erzählungen für jeden Geschmack, Pro Libro, Luzern (2016)
ISBN: 978-3-905927-54-2

Bis anhin packte und berührte die Schriftstellerin Anja Siouda ihre Leserschaft mit ihren dramatischen interkulturellen Romanen. Geistreich, phantasievoll und mit viel Wortwitz kommen nun ihre 53 humoristischen Erzählungen in Form von Passionsfrüchten, Zankäpfeln, Maulbeeren, Knacknüssen und Kichererbsen daher und beantworten Fragen wie: Wo gibt es Apfelwähenzärtlichkeit und wo begegnen uns Friedenstauben und Sündenböcke? Wo ist das Hühnerparadies? Wie war das mit dem Glücksschweinchen und mit dem Scheidungshuhn? Was sind Schlafzimmerdesserts und was steht im Erotik-Ordner?